天声人語

2021年1月—6月

朝日新聞論説委員室

朝日新聞出版

目次

2021年1月

2021年2月

2021年3月

2021年4月

2021年5月

2021年6月

天声人語　2021年1月―6月（令和3年）

装丁　加藤光太郎
装画　タダジュン

2021

1
月

『動物農場』再読　1・1

折に触れて読み返す本の一つに、英国の作家ジョージ・オーウェルの『動物農場』がある。ロシア革命に材を取り、スターリンの独裁政治を皮肉った寓話《ぐうわ》だが、旧ソ連を思い起こすだけではもったいない。

馬や牛など動物たちが反乱を起こし、人間の農場主を追い出す。農場が自分たちのものになったと動物は喜ぶが、やがて豚のナポレオンが独裁者として君臨する。興味深いのは、当初はナポレオン、それに別の豚であるスノーボールという2匹の指導者がいて、政治に緊張感があったことだ。

風車を建設すべきか否か。畑で育てるのはキャベツか根菜か。曲がりなりにも政策論争があり、動物たちもみな議論した。政治がおかしくなるのはスノーボールが追放され、議論の場である日曜の総会が取りやめになってからだ。

以来、ナポレオンはやりたい放題である。掟《おきて》をねじ曲げ、豚たちだけで酒を飲んだり、人間のベッドを使ったり。ウソを重ね、文書を捏造《ねつぞう》する。ときおり不平を口にしていた動物たちも次第になされてしまう。

私たちの国の政治からも緊張が失われて久しい。国会で虚偽の答弁が続き、「説明できることとできないことがある」と首相が公言し、議員の訴追が相次ぐ。それでも平気の平左なのは、悲しいかなスノーボールのような存在がいないからだろう。いるにはいるのだが、あまりに弱い。〈去年今年《こぞことし》貫く棒の如《ごと》きもの〉高浜虚子。様々な問題は年をまたいで引き継がれる。今年こそ、緊張感のある政治を。

こまを回す　1・3

ツバメ返し、綱渡り、そしてこまを耳飾りにみせる秘技イヤリング。こまのおっちゃんの実演に親子連れが沸く。新年の初仕事は地元名古屋のショッピングモール。おっちゃんこと日本独楽《こま》博物館の藤田由仁《よしひと》館長(77)はこまを回し続けた。

こまに魅了されたのは会社員だったころ。作り手が減っていると知り、収集を始める。40年前に出身地・兵庫県につくった私設博物館を、転勤先の名古屋に移転。49歳で会社を辞め、こまの魅力を伝える「伝道師」になった。各地の幼稚園や学校を巡りながら、日本こままわし協会を設立。全国大会も毎年開いてきた。

博物館には世界中のこま5万点が所狭しと並ぶ。陳列するだけの場所ではない。子どもたちが回せる空間でありたいと考えた。子どもの前では失敗もする。腕前ばかりを強調すると、小さな子が興味を失うからだ。

披露する技は100を超える。「決めた通りにやるだけでなく、はみ出したり、工夫したりする余地がある。それが魅力。新技は失敗からうまれる。やってみることが大事なんや」

取材の際、ツバメ返しに挑戦してみた。かれこれ30年ぶりだ。わが手のひらでぶじに回るこまに、中島みゆきさんの「時代」がふいに浮かんだ。〈そんな時代もあったねと　いつか話せる日が来るわ〉〈まわるまわるよ時代はまわる〉

コロナ禍の去らぬまま迎えた新年。3月に予定している大会を開けるかどうか、おっちゃんは気をもむ。禍ばかりでなく福が回ってくる年でありたい。

2021・1月

シトラスの願い　1・4

「敷地に入らないで」「首都圏から来た荷物は受け取りたくない」。愛媛県東温《とうおん》市で運送業を営む松本司《つかさ》さん(38)は昨春、配送先で何度かそんな言葉を浴びた。ウイルスの感染不安が高まったころだ。

そんな時に出会ったのがシトラスリボン運動。黄緑色の手製リボンを身につけることで、コロナに対する中傷や差別をなくそうと訴える活動のことだ。趣旨に共鳴し、車用ステッカーを作って配った。

運動を支える松本さんら9人にオンラインで話をうかがった。公務員、編集者、俳人ら全員が愛媛在住。共同代表の甲斐朋香・松山大准教授(50)らによると、名は特産のかんきつ類にちなむ。リボンの三つの輪は「地域」「家庭」「職場と学校」を表す。回復したらだれもが三つの場に安心して戻れる街でありたいとの願いを込めた。

活動と言っても、駅頭で署名を集めることはない。感染者を中傷した人を非難することもしない。「何が正義かは人それぞれ。自分たちの正義を押しつけるのはよくないと考えました」。共感こそ運動の支えという甲斐さんの言葉に意を強くする。

リボンの輪は全国へ広がる。小中学生が手作りし、胸に着けて勤務する市役所や航空会社も。リボン模様のかまぼこを学校へ贈った食品会社もある。

さて、今朝から仕事、今週から学校という方も多いだろう。「今年は偏見や誤解が消え、世の中からこのリボンがなくなるのが願いです」。9人から聞いた抱負にひざを打つ。この気概で年の初めに臨みたい。

2021・1月

後手後手のチャーチル　1・5

巣ごもりを余儀なくされたこの年始、海外ドラマ「ザ・クラウン」に引きこまれる場面があった。舞台は1952年のロンドン。濃霧に大気汚染が加わる災害が起き、患者で病院が逼迫《ひっぱく》する。ときの宰相チャーチルの耳には、不安に沈む人々の声が届かない。重い腰を上げて病院へ足を運んだ日、患者と医療者の苦境を目の当たりにし、自分の鈍感さを悔いる。ドラマゆえの脚色は多々あろうが、民意をすくい上げられない首相の姿を描いてリアルだった。

首都圏に再び緊急事態宣言が出される見通しとなった。きのう菅義偉首相の会見を聞きながら思ったのは、昨秋以降の政府の見通しの甘さ、動きの鈍さである。各地で感染が増え続け、医療の逼迫もたびたび指摘されていたのに。

事態が深刻になり、政策の行き詰まりがだれの目にも明らかになって、ようやく方針を転換する。この展開はＧｏＴｏ停止で見たばかりだ。後手後手の流れはもう繰り返してほしくない。〈「最善を尽くす」と口にしても無駄なことだ、必要とされることをやり遂げない限り〉。ドラマではなく実在のチャーチルが残したこの言葉を、いま菅首相に届けたい。実効性のある対策を国としてやり遂げない限り、コロナという難関はとても乗り切れない。

ちょうど9カ月前、初めての緊急事態宣言が出される直前の、重く張り詰めた空気を思い出す。これで収束に向かうのか。暮らしは大丈夫か。いま不安に沈む人々の声は首相の耳に届いているのだろうか。

すがる心　1・6

かのアマビエより歴史のある疫病退散の守り神がいる。そう聞いて、京都府の長岡京市を先月訪ねた。

「蘇民将来《そみんしょうらい》」という伝説の人物は、神話に登場するスサノオノミコトに旅の宿を提供し、貧しいながらも精いっぱいもてなした。その恩でスサノオは蘇民の子孫を末永く疫病から守る。伝承がもととなって、「蘇民将来の子孫」と書いた札が厄よけに使われるようになった。

日本最古の蘇民の護符は長岡京市内で20年前、市埋蔵文化財センターの中島皆夫さん(55)らが発掘した。8世紀の木簡だった。センターはコロナ禍の昨夏来、最古のお守りを缶バッジにし、来館者に無料で配っている。

蘇民の言い伝えは各地に残る。宗教学者の島田裕巳《ひろみ》さん(67)は「歴史の古さでも、地域の広がりでもアマビエより格段に上でした」。京都の祇園祭では厄よけのちまきにその名を記す。岩手県では無病息災や豊作を祈る蘇民祭がいまも続く。

作家デフォーの『ペスト』を読むと、17世紀の英国ではペストの猛威におののいた人々が「アブラカダブラ」という言葉を家の玄関先に貼ったという。福島県の民芸品「赤べこ」にも疫病退散の願いがこめられている。天然痘から子どもたちを守ったと言い伝えられてきた。

ふりかえれば、人類は古今東西、大きな危機に直面するたび何かにすがってきた。まじないの言葉やお守り、そして妖怪まで。それらを愚かな迷信と切り捨てられるのだろうか。私たちはたしかなコロナ対策をまだ手にしていない。

温かい言葉たち　1・7

「かみさまおねがいです。おじいちゃんにキャベツをかえしてあげてください」。埼玉県の植木舞衣《まい》さん(6)は祖父の育てたキャベツを畑から盗まれる。手書きの文字は角張り、まさに怒りプンプンだ。

収穫後には、たこ焼きに入れようと約束までしたのに。「ぬすんだどろぼうさんに、キャベツにおわれるゆめをみせてください」と書いて投函《とうかん》した。恒例「はがきの名文コンクール」の受賞作だ。6年目となる今回は2万5千余通が寄せられた（年齢は応募時点）。

新潟県の森山恵子さん(72)は亡き父に宛て、102歳の母とのやり取りをしたためた。父の遺影を見せると「やだ。こんな年寄」と一蹴。どら焼きを半分に割って「こんなうんめいもん生まれて初めて食べた」。そんな一日一日が宝物のようにいとおしい。

家の片付け中、新婚時代にもらったラブレターを見つけたのは埼玉県の松本陽子さん(80)。「君は僕の天使です」。いま85歳の夫は当時、いったいどんな顔で書いたのだろう。でもうれしい。「これからは年老いた天使が貴方を支えます」と誓う。

長野県の安田直子さん(49)は、お盆にも帰省できなかった。半身マヒで一人暮らしの父から「ゴミ箱を荒らされた」との知らせが。熊のしわざだ。「父ちゃん頼む　私が岩手に帰るまで　熊にもコロナにも　食われねぇでいでけろ　元気でいでけろ」

手書きの1枚1枚にクスッと笑ったり、涙を誘われたり。寒さは日ごとに厳しくなるけれど、読むだけで心が温まる。

緊急事態ふたたび　1・8

男性が出かけてよいのは月水金だけ。女性は火木土。日曜はみな巣ごもりを……。ペルー政府は昨年、そんな外出制限令を出した。インドネシアの村では警官らが伝承の幽霊に扮して、村人に家に戻るよう促した。いずれも春先、各国が慌ただしく感染予防に乗り出したころだ。

この冬また、人と人の接触を減らそうと世界が知恵を絞る。感染者の増える欧州では都市封鎖が相次ぐ。夜間の外出と飲食店の営業を禁じ、違反者には罰金も科す。一方で休業補償は手厚い。アメはより甘く、ムチはより厳しい印象だ。

首都圏1都3県に9カ月ぶりの緊急事態宣言が出された。昨春とは違って、学校は閉じられず、対策の力点は飲食業界に置かれた。「1カ月後には必ず事態を改善させる」。菅義偉首相は言葉に力を込めた。

だが飲食店の早じまいにいかほどの効果があるのか。この補償で十分なのか。要請に従わない店名をさらす必要があるとも思えない。そして何より、1カ月の忍耐でほんとうに安心の春を迎えられるのか。不安は尽きない。

2021・1月

厳しい都市封鎖を続けるドイツのメルケル首相が新年演説で訴えた。「ワクチン以外で最も効果的な方策は私たちの手中にある。一人ひとりがルールを守ることです」。負担と自制をお願いするリーダーの渾身《こんしん》の呼びかけは聴く者の心にしみた。

地球のどこにいようとも、この難局は人と人が互いの接触を減らす努力なしには乗り切れない。一市民、一個人として自分にできることから始めよう。

生活戦線異状あり　1・9

きのう全国で封切られた映画「大《だい》コメ騒動」には不思議な調べの歌が節目節目に登場する。〈ア、ノンキだね〉〈あきらめなされよ　あきらめなされ〉。どれも明治大正期に流行した添田唖蝉坊《あぜんぼう》の歌である。

いまの神奈川県大磯町生まれ。自由民権運動の高まったころ、政治や社会を風刺し、庶民のうさを晴らす歌で人気を博した。〈俺はいつでも金がない　同じお前も金がない〉〈お前この世へ何しに来たか　税や利息を払ふため〉

政治家や富裕層も笑いとばした。〈学者、議員も、政治も金だ　金だチップだ賞与も金だ〉〈議

員議会で欠伸《あくび》する　軍人金持《かねもち》と握手する〉。「ホットイテ節」「ヘナチョコ節」「増税節」。そんな題の曲を次々と世に出した。

「国民皆兵や殖産興業といった国の政策に疲れはてた庶民の素朴な思いをすくい上げた人でした」。大磯の郷土史に詳しい細井守さん(63)はそう評する。長く貧民街に住み、晩年は好んで各地を放浪したという。

映画は、大正の世を騒がせた米騒動を、富山県の女性たちの視点で描く。漁村の名もなき主婦が立ち上がり、社会を動かしたという史実。当時の弱者に寄り添いながら、時代を鮮やかに切り取った啞蟬坊の歌詞。どちらもいまの世相と深く響き合う。

たとえば昭和5年に作られたこの一曲には、批判精神がひときわさえる。〈アメリカニズムが根を張って　物価は高くなるばかり　人間は安くなるばかり　ヨワッタネ　生活戦線異状あり〉。これって令和の曲だっけ？

万物寒に　1・10

文芸評論家の山本健吉から、「よほどの寒がりであろう」と書かれたのが、俳人富安風生《とみやすふうせい》である。その人が詠んだ〈きびきびと万物《ばんぶつ》寒に入りにけり〉の句を目にすると、きんと張り詰めた空気そのものに触れたような気がする。

風生には〈寒といふ恐ろしきものに身構へぬ〉もあり、このところ毎朝寝床からはい出るときの心構えを思わせる。寒に入ったことを痛感する気候が続いている。外出の際にニットの帽子が欠かせなくなった。

あんなにうっとうしかったマスクも、その暖かさがありがたく思えるほどである。最低気温が零度を少し下回る。その程度で弱音を吐くなんて、との声がどこからか聞こえてきそうだ。きのうは列島各地で寒さの記録が更新された。

岩手県は宮古市で零下24・1度、奥州市で零下19・9度まで下がった。「雪がすっかり凍って大理石よりも堅くなり……」。岩手に生まれ育った宮沢賢治の童話「雪渡り」を思い出す。2人の子が凍った雪の上を遠くまで渡っていく話である。

「堅雪《かたゆき》かんこ、凍《し》み雪しんこ」と口ずさみながら森にたどり着き、狐《きつね》の子に出会う。仲良しになり、雪が凍ったらまたおいでと誘われる。雪は、そのときどきで顔立ちを変える。小さな子の遊び相手だったり、暮らしに立ちはだかる障害だったり。車がまたも立ち往生したとのニュースに気をもむ。

〈大寒と敵《かたき》のごとくむかひたり〉。これも風生の作。そこまで腹をくくれば寒さも減じるか。極寒は、春遠からじの合図でもある。

根拠のない自信　1・11

俳優のムロツヨシさんは、1浪して東京理科大の数学科に入学し、すぐ不安になった。数学は得意なつもりだったのに授業についていけない。将来やりたいこともはっきりしない。そんなときファンだった深津絵里さんの出ている芝居を見に行き、役者たちの演技に感動した。「僕もあっちに行きたい！」と思い、夏には大学をやめてしまったとポパイ特別編集『二十歳のとき、何をしていたか?』で語っている。本人いわく「根拠のない自信」で走り出した。3年くらいの下積みの後はテレビや映画に出て……などと皮算用しながら。

しかし芽は出ず、日雇いバイトばかりの25歳のある日、涙が止まらなくなった。「根拠ない自信を使い果たしちゃったんでしょうね」。それからは余計なプライドは捨て「僕を使ってください」とみっともないくらいに言って回ったという。

あの独特の存在感。それを形作るに至った若き日である。

たしかに根拠など気にしたら、自信は持てない。だって経験がないのだから。しかしその自信

2021・1月

はどこかでくじかれる運命にある。だって根拠がないのだから。それでも何かエンジンを身につけることで、人は前へ動き出すことができるのだろう。

きょうは成人の日。十分若くても、気持ちだけは若くても、自分のなかのエンジンを探りたい。「夢」というと気恥ずかしければ「好き」「こだわり」という言葉もある。空回りもむだではない。ムロ青年にとって「根拠なき自信」の時期が必要だったように。

犬笛政治　1・12

サイレントマジョリティーは直訳すれば「物言わぬ多数派」だが、米国では「白人ブルーカラー」の意味が隠されている。米在住の評論家町山智浩さんが『さらば白人国家アメリカ』で指摘していた。

注目されるようになったのはニクソン大統領の演説で、ベトナム戦争に反対する人々をマイノリティーだとする一方、サイレントマジョリティーに支援を求めた。労働者層、とりわけ白人が想定されていたという。

こうした分かる人だけは分かる言葉遣いをするのを「犬笛政治」という。犬を呼ぶため人間には聞こえない高周波の音を出す笛のように、差別や悪意を隠すことができる。トランプ大統領もツイートで「サイレントマジョリティー」と呼びかけ、「法と秩序」の言葉も使った。黒人を秩序に従わせる含意がある。

「私に投票した偉大な米国の愛国者は、将来にわたって巨大な声を持つ」「大統領就任式には出席しない」。先日の投稿も危険な犬笛と見られたようだ。就任式に暴力行為を誘発する恐れがあるとして、ツイッター社はトランプ氏のアカウントを永久停止にした。

ＳＮＳは多くの人が自由に声をあげることのできるメディアである。誰であれ永久に口を封じるという判断は、危うさを伴う。それほど連邦議会議事堂への乱入事件の衝撃が大きかったのだろう。

退任後のトランプ氏が笛を吹く機会は減るかもしれない。それでも確かなのは、犬笛に応じる有権者の厚い層が、これからも米国に存在するということだ。

ソフトバンク元社員を逮捕　1・13

時間をかける。時間を見つける。時間に追われる。時間にまつわる言い回しは数多くあり、ビジネスの世界では「時間を買う」という言葉がある。企業を買収する経営者がよく口にする。長い時間をかけて技術や商品を開発するのではなく、その時間ごと会社を手に入れるという意味である。世の中には堂々と買うのではなく「時間を盗む」行為もある。産業スパイである。技術などを裏から手に入れるやり方は、もちろん違法だ。

こちらの件は、スマートフォンの世界を舞台にしたスパイ事件に発展するのだろうか。新しい通信技術である5Gをめぐり、ソフトバンクの元社員が秘密情報を社外に持ち出したとして、警視庁に逮捕された。

元社員は、競争相手である楽天モバイルに転職している。ソフトバンクは「持ち出された技術がすでに楽天モバイルに利用されている可能性が高い」と主張しており、穏やかではない。楽天モバイルは、そういう事実は確認されていないとしている。

かつての技術盗用は、工業製品を持ち出して解析することでなされていた。いまは根幹となる情報を小さなメモリースティックに入れることもできるし、電子メールに添付もできる。物理的な垣根が低くなるほど、倫理上の垣根がさらに必要になる。

通信の世界は時間とのたたかいだ。たとえば、4Gでは5分かかっていた映画のダウンロードが、5Gになると3秒ですむ。そしてその背後では、技術革新の速度を競い、各社がしのぎを削っている。

半藤一利さんを悼む　1・14

負け知らずだった日本陸軍が完膚無きまでに敗れた。それが1939年、ソ連軍と相まみえたノモンハン事件である。悲劇は、作家半藤一利《かずとし》さんの手により『ノモンハンの夏』の中に凝縮されている。初めて読んだとき、心臓が震える気がした。

日本軍の火炎瓶などの手段ではどうにもならない最新鋭の戦車。圧倒的な戦力の差。敵を研究せず、勇ましいことばかり言っていた高級軍人たちを半藤さんは追及する。「ただただ敵を甘くみて、攻撃一辺倒の計画を推進し戦火を拡大したのは、いったいだれなのか」

無計画。自己過信。優柔不断。それらは反省されることなく太平洋戦争に引き継がれた。戦前戦中の歴史を徹底的に調べて、わかりやすく書く。半藤さんが90歳の生涯を閉じた。

文芸春秋の駆け出しの編集者だったとき、坂口安吾から「歴史書にはうそも書かれている」と言われた。だから史料をつきあわせて推理し、合理性を探さねばならないのだと。

編集者から作家になり、「歴史探偵」を名乗った。『日本のいちばん長い日』では玉音放送までの24時間を、『B面昭和史』では重苦しいばかりでない庶民の日常を描いた。半藤さんの仕事がなければ、私たちの歴史感覚はずっと鈍くなっていたかもしれない。
歴史を現代に常に結びつけて考える人でもあった。日本で権力が一点に集中していくのを憂い、対談で語っていた。「民主主義のすぐ隣にファシズムはある、そのことを国民はしっかり意識しなければならない」

＊1月12日死去、90歳

トリアージという言葉　1・15

トリアージという言葉はフランス語が語源だ。事典をひもとくと「選別」の意味があり、羊毛やコーヒー豆を選別する際に使われたようだ。ナポレオンの時代に医学に応用された。戦傷者のうち比較的軽傷の者を手当てして戦線に復帰させ、重傷者は後回しにする。どうもそんなやり方を指したらしい。現代でも大災害で全員を治療できない時、優先順位を決めるのをトリアージと呼ぶ。

そんな用語にどきりとしたのが、一昨日の日本医師会会長の発言だ。「医療崩壊が進んでいる。トリアージをせざるを得ない状況に陥りかねない」。コロナ重症患者の急増に現場が追いつかないとの訴えである。

東京都では入院やホテル療養の人数より、行く先が決まらず調整中の人数が多くなっている。医療への需要を抑えるため、個々人が感染対策に努めるのは当然だ。一方で供給を増やす努力の方は果たして十分だろうか。

人口あたりの病床数は世界最高水準で感染者は欧州より少ない。それでも逼迫《ひっぱく》するのはなぜか、医師で医療経済ジャーナリストの森田洋之《ひろゆき》さんが文芸春秋2月号に書いている。日本は臨機応変に医療資源をあてる機動性に欠けている。背景には医療が民間中心で国が命令できず、病院がライバル関係にあり連携が難しいことなどがあるという。

構造的な問題があるなら、物事を動かすための戦略と財源がいる。店や個人に罰則を科す議論より、優先すべきはこちらではないか。現場で踏ん張る医療従事者を支えるためにも。

コロナ禍の百人一首　1・16

授業中に居眠りして、先生にこづかれる。そんなよくある場面もオンライン授業では勝手が違う。〈学校のリモート授業寝落ちして起きたら画面に僕しかいない〉。中学3年の村上麟太郎さんが詠んだ。

毎年この時期に東洋大学から「現代学生百人一首」が届く。34回目の今回は、6万5千首余りの応募作の多くにコロナが影を落とした。思うにまかせない日々からも、軽やかな歌が生まれる。

〈画面越し毎日見てた担任がデカくてびびる初登校日〉中1藤原史奈《ふみな》。長い休校の後、初めての実物との出会いである。出席番号の奇数と偶数に分かれての分散登校もあった。〈「行ってきます」奇数の君からライン来て「気をつけてね」と偶数の私〉高1深澤璃子《りこ》。

度重なる外出自粛を、インドア派はこう受け止めた。〈政府から「不要な外出控えてね」時代が僕に追いついたようだ〉高専1渡邉響綺《ひびき》。巣ごもり生活で親の知らなかった一面も見えた。〈テレワーク父の携帯鳴り止《や》まない乾いた笑いおそらく上司〉高1井出眞之介。

好きな人の写真を持っていたい。そんな気持ちは昔も今も変わらない。〈体育祭カメラごしに見る君の顔保存したのは秘密にするね〉高3中村凜子《りこ》。迷うこと、気になることも。〈プラトンもアリストテレスも教えてはくれない進路も君の気持ちも〉高1石川櫻子。

そして卒業する日が近づく。〈毎朝のあるようでない指定席いつもの顔ぶれあと何回か〉高3金地皐希《かなじこうき》。胸には少しのさびしさと、大きな期待と。

26年前、あの日の記憶　1・17

あの日を思い出すと、いまもいたたまれない気持ちになる。１９９５年1月17日、阪神・淡路大震災。私は東京から神戸の警察署に電話取材をしていた。夜になったころだ。混乱の中で言ってしまった。「被災者の資料をＦＡＸしてもらえませんか」

しばらくの沈黙。諭すように言葉が返ってきた。「記者さん、そりゃ無理です。電気が止まって、ろうそくの火で読んでいるぐらいですから」。ハッとして受話器の前で何度も頭を下げて謝った。

あの人はいま、どうしているだろうか。当時の私には警察署が停電したままの大災害が想像できなかった。後の現地取材で知ったのは警察も甚大な被害を受けたということ。庁舎が崩れ、生き埋めになった人もいた。

兵庫署の刑事二課長だった山崎保《やまさきやす》さん(62)もその一人。宿直室で仮眠中、ゴーッといった音に続き、コンクリートがギシギシときしみ、落ちてきたという。暗闇の中、頭からポタポタと血が滴ってきた。家族のことが脳裏に浮かぶ。このまま死ぬのか。いや死んでたまるか。怖かった。

救出されたのは4時間後。「震災は自分の弱さを教えてくれた」。逆境においてこそ、人の強さはわかる。「疾風に勁草《けいそう》を知る」を座右の銘に、灘署長などを経て2年前に退官した。

26年前の若い記者の愚かな失敗をわびると山崎さんは穏やかに言った。「仕方ないでしょう」。それぞれがたどる、あの日の記憶。私にとっては受話器越しに聞こえてきたあの声。思い返す。背筋をのばして。

空想少年逝く　1・18

「今年は真人間《まにんげん》になって　まじめに働きます」。怪しげな年賀状がどこやらの刑務所から届く。検印の欄には「犬井」「犬塚」「犬飼」と看守ら3人のハンコが。どれもイヌ年にちなんだ。

1970年の正月、画家安野光雅《あんのみつまさ》さんが送ったあいさつ状には、だれもが腰を抜かした。そんな遊び心が彼の創作の原点である。意表を突くだまし絵は国内外で愛された。「三次元では起きないことが二次元なら起きる。見る人を驚かせたい」。そんな安野さんが94歳で亡くなった。

世界各地の風景を描いた絵本にはヒーローを小さく配するしかけも。「スーパーマンをどこに描いたか教えて」。ある時、米国の子どもから手紙が届く。返信は「自分で探す方が楽しいよ」。

読み手に自分の目と頭で考えてもらう手間を大切にした。

穏やかな画風とはうらはらに、画業は順風続きではなかった。島根・津和野の宿屋に生まれ、工業学校を卒業した後に炭鉱へ。戦後は教師として小学校に10年ほど勤めた。絵描きの道に歩みを定めたのは30代半ばだった。

『あいうえおの本』『10人のゆかいなひっこし』。子育ての時期、わが家も彼の絵本にお世話になった。ひらがなやＡＢＣ、足し算を教えるのに謎かけのような絵を駆使して退屈させない。子にも親にも驚きの教科書だった。

絵筆のみならず文章の筆も柔らかかった。『散語拾語《さんごじゅうご》』『私捨悟入《ししゃごにゅう》』という書名にも安野さんらしさがあふれる。絵画も文章もそして賀状でも永遠の空想少年であり続けた。
＊２０２０年12月24日死去、94歳

食い扶持だけでは　1・19

拍子抜けを通り越して、床にへたり込んだ。就任後初となる菅義偉首相の施政方針演説。期待をこめて読んだのにヤマ場の来ない小説、あるいは途中で居眠りを誘われる映画のようだった。

わずかに信念を吐露したのは、政治の師と仰ぐ故梶山静六・元官房長官の教えに触れたくだり。初めて国政の場に出た当時、こう諭された。「国民の食い扶持《ぶち》をつくっていくのがお前の仕事だ」と。

扶持《ふち》とは、主君が家臣に与えたお米のこと。武士ひとり1日5合が目安とされた。そう言えば、当の梶山氏も熱心に食糧政策に取り組んでいた。「バイオ技術を後押しして1粒が人間の顔ぐらい大きな米を開発できないか」。そんな事業を提案したこともある。

県議出身で「武闘派」と呼ばれた。ときに野党よりも痛烈な批判を首相に浴びせる。反戦と沖縄の基地問題には情熱を注いだ。大局観のある構想や語り口が持ち味だった。

「政権を担って4カ月、この国を前に進めるために全力で駆け抜けてきました」。菅首相はきのうの演説で胸を張った。しかし発足時にあれほど高かった支持率は軒並み急落。「不支持」が「支持」を上回る結果が相次ぐ。感染対策が後手に回り、右往左往ぶりが広く不信を招いたのは明らかだ。

「コロナ国会」が幕を開けた。この難局をどう乗り切るか。むろん「食い扶持」の確保は大切だが、命と安全あっての話だろう。こんな時だからこそリーダーの決意を聞きたかった。火のごとく熱をこめて語った師のように。

新たなホワイトハウス　1・20

夫が米副大統領だったころもジル・バイデンさんは教壇に立ち続けた。警護官には学生ふうの服を着てもらい、装備品は背中のリュックに。日々接する自分の生徒に要らぬ心配をさせたくなかった。

結婚前から地元の高校や短大で英語を教えてきた。55歳で博士号を得て、愛称は「ドクターB」。宿題が多く採点も厳しいが、移民や貧困層の生徒にはやさしかった。授業を終えて夫の待つ専用機に駆け込み、外国訪問に向かったこともある。

ファーストレディーとなっても教師を続けると決めたジルさん。半生をつづった自著の各章から、堅実で一途な人柄が浮かぶ。「ワシントンへ引っ越して夫の人生だけを生きることは私にはできない」。そんな言葉も共感を呼ぶ。

史上初の女性副大統領となるカマラ・ハリスさんの夫は、弁護士ダグ・エムホフさん。ユダヤ系の家に生まれ、前妻との間の子2人を連れて再婚した。こちらも初となる副大統領の夫、セカンドジェントルマンだ。これからは大学の非常勤講師として働くそうだ。

2021・1月

米国に記者として駐在したころ、「ファーストレディーは国民の範。良妻賢母型のほかは許されない」と話す人の多さに驚いた。そんな古びた考え方にとらわれない両夫妻には、期待するところ大である。

米国の新しい政権が現地時間20日、いよいよ動き出す。この4年間にすっかり傷んだ社会を治す仕事には一刻の猶予もない。時代に即した生き方を体現するリーダーとそのパートナーに幸あらんことを。

シャネルの言葉　1・21

「流行を作っているんじゃない。私自身が流行だから」。仏デザイナーのココ・シャネルは多くの名言を残した。強気の弁もあれば、寂しげな述懐も。高級ブランドの創業者として名高い彼女が亡くなって今月で50年となった。

その人生は映画や小説で幾度も取り上げられてきた。母に死なれ、父に見捨てられ、孤児院で育つ。裁縫の下働きから身を起こし、27歳で帽子店を構える。第2次大戦直後は、対ナチス協力の疑いで批判を浴びた。

デザイナーとして、体を締めつけるコルセットから女性を解き放った。スカートの丈を短くし、ジャージー素材の服も考案。「私の頭の中に秩序を押し込もうとする人々が嫌い」。自ら髪を短くして、ショートヘアを流行させた。

そんなシャネルの別の一面を教えてくれたのは東洋大経営学部の塚田朋子教授。最大の強みはマーケティング戦略だという。新作を自国で酷評されても、米国でヒットさせ、流行を逆輸入する。香水には「5番」といった数字だけの斬新な商品名を付けた。

「手の届く製品から商いを広げ、安価な素材を巧みに使う。たぐいまれな手腕。松下幸之助さんのような経営者でした」。なるほどいまも世界中で愛される理由の一端が垣間見えた。

シャネルはこんなことも言っている。「20歳の顔は自然がくれたもの。30歳の顔はあなたの生活が、50歳の顔にはあなた自身の価値が表れる」。シャネルの品々とはおよそ縁のない身だが、鏡に映るおのれの顔にじーっと考え込む。

シラードの遺言　1・22

かつて原爆を作らせようとして成功し、原爆を使わせまいとして失敗した科学者がいた。物理学者レオ・シラードである。ハンガリー生まれのユダヤ系でナチスの迫害を避けて米国へ亡命した。

「ナチスに対抗するため原爆を開発すべし」。1939年、親しいアインシュタインを説得し、そんな書簡を米大統領に送った。シカゴ大に職を得て、核分裂の臨界実験を成功させた一人となる。

ライターの大平《おおだいら》一枝さん(56)は4年前、米国で彼の生涯を追った。著書『届かなかった手紙』によると、シラードは開発の立役者ながら、もはや丸腰状態の日本に新型爆弾を落とす必要はないと考えた。「残虐性を知り抜いていた。無警告で投下するのは倫理に反すると訴えました」

1945年夏、彼は大統領に宛て、投下の回避を求める請願書を提出する。だが軍上層部の妨害もあり、大統領はそれを目にすることなく、投下を決断してしまう。

思い出すのは、20年前、長崎への投下機に乗務した米兵らに取材したときの驚きだ。「原爆のおかげで早く戦争が終わった」「大勢の米国民の命を救った」。日米間で原爆を見る常識が悲しいほど隔たっていた。シラードの名もいまや米国ではほぼ忘れ去られているそうだ。

核兵器禁止条約が発効した。保有はもちろん実験や威嚇も禁じる内容だ。だが核保有国はそろって署名すらしていない。「核の傘」に頼る日本もしかりだ。あのとき日本への投下に反対したシラードはこの不条理に何を思うか。

プランB　1・23

「7月に開幕しないと信じる理由は何もない。だからプランBもない」。国際オリンピック委員会（IOC）のバッハ会長の言葉に考え込む。共同通信の取材に応じた。この感染拡大下でほんとうにプランAしか手元にないのか。

米紙が先週、IOCに今夏の開催を危ぶむ声が出ていると報道。「第2次大戦後、初の五輪中止か」と踏み込んだ。英紙は今週、「日本は今夏の開催をあきらめて、2032年開催を目指す方向」と報じた。

むろん政府は火消しに回る。「人類がコロナに打ち勝った証しとして開く」と言い続ける菅義偉首相は、国会で「プランBの準備はないのか」と迫られても態度を変えない。五輪相からも精神論が続く。「心を一つにして」「成熟国家としてやり遂げる」

7月23日の開幕まであと半年。アテネなど夏冬の大会を取材して学んだことがある。どの会場にも事故や急病に備える医療スタッフが大勢常駐していた。東京大会でも1万人以上の医師や看護師らが動員される計画と聞く。すでに逼迫《ひっぱく》している東京圏の医療を思うと、もう不安しかない。

2021・1月

いまの状況で予定通り開いても、主役である選手たちがやって来てくれるかどうかもわからない。世界のアスリートが二の足を踏むようでは、もはや「夢の祭典」の体をなさない。プランAにこだわった首相が、追い詰められた後にプランBに慌ただしく移る……。このパターンはもうごめん被りたい。ＧｏＴｏと年明けの緊急事態宣言がそうだったように。

不条理の国　1・24

不条理なことばかり起きるのは、そこが鏡の国だから。まっすぐ歩こうとすると反対方向に行ってしまう。お店の棚には商品がいっぱいなのに、見つめると空っぽになる。ルイス・キャロルの『鏡の国のアリス』である。

この世界に君臨する「赤の女王」に、アリスがのどの渇きを訴える場面がある。「ほしいものをあげましょうね！」と言われて渡されたのは、水ではなく、ぱさぱさのビスケットだ。

いまの私たちも、何だか不条理劇のなかにいるような。求めているのはコロナが発症した時に入院ができ、治療が受けられる医療体制である。しかし目の前に現れたのは「入院を拒否すれば懲役」という罰則規定。おととい閣議決定された法改正案に含まれている。

感染者が入院措置を拒んだ場合、「1年以下の懲役または100万円以下の罰金」を科すことができる。やむなく自宅待機している人が数多くいるのが現状なのに。自宅療養中の死亡も相次いでいる。

罰則がもたらす負の効果も心配だ。ややこしいことになるなら検査を受けるのをやめておこう、そう考える人も出てくるかもしれない。罰則を伴う入院というイメージが、感染症患者への差別や偏見を助長しないだろうか。

コロナ対応の重荷が特定の病院に偏っているとすれば、それも不条理だ。一連の法改正案では病床確保に向けて医療機関に「勧告」ができるようにするというが、上手に使ってほしい。現場を無視した勧告を乱発し、さらなる不条理を招かぬように。

2021・1月

一丁倫敦　1・25

明治後期の東京に、その一角だけ洋館が立ち並ぶ場所が生まれた。丸の内の陸軍練兵場の跡地に、三菱が1号館、2号館……と事務所を建てていったもので「一丁倫敦《いっちょうロンドン》」の呼び名がついた。まるで小さなロンドン。当時の人々の驚きが伝わってくる。

大正期には、その近くの東京駅前にもビル群が現れ「一丁紐育《ニユーヨーク》」と呼ばれた。「一万五百人の就業員を包容し、不夜の電燭《でんしょく》、不断の自動車……」とは、当時の新聞記者矢田挿雲《そううん》による丸の内の描写だ。

以来、東京のオフィス街は戦争をはさみつつも拡大を続け、人々をのみ込んできた。それがコロナに伴うテレワークの広がりで変化を見せている。先日も広告大手の電通が汐留にある自社ビルを売却する方向と報じられた。

電通の出社率は2割程度まで下がっている。売却後も同じビルを借り続けるものの、面積は半分ほどに減らすらしい。オフィス縮小の動きは多くの企業に広がっているようで、東京に限らず全国の都市部で空室率がじわじわと上がっている。

会社は「通う」のではなく、用があれば「立ち寄る」場所になってきたのかもしれない。居住人口が都市部から郊外に移るのをドーナツ化現象というが、いま起きているのは働く場のドーナツ化か。

取引先とのやりとりから社内会議、同僚との雑談まで自宅から行うさまは、いわば「一室丸の内」。手を抜かず、かといって働き過ぎないことが大事だが簡単ではない。自室が「不夜の電燭」になるのだけは、避けたいところだ。

1974年4月8日　1・26

大記録が目前に迫る。どんなスポーツであれその選手は、声援を背に精神を集中するものだろう。ハンク・アーロンさんの場合は違った。ベーブ・ルースの本塁打記録714本に近づくと脅迫の手紙が毎日のように届いた。アーロンさんが黒人だからだ。

「親愛なるハンクへ　700号を超えたら、弾丸が体に風穴を開けるものと思え」「アーロンさんへ　球界から引退しないのなら、家族にも大きな影響が出る」。応援の声も多かったが、同時に寄せられる憎悪の感情に苦しめられた。

715号を放って記録を塗り替えたのが1974年4月8日。影響力を持つようになった選手として、黒人の子どもたちに模範を示す責任が生じたと自伝で述べている。「彼らには希望がなくてはならない」。アーロンさんが86歳の生涯を閉じた。

貧しい少年時代、黒人初の大リーガーだったジャッキー・ロビンソンに憧れた。強靱《きょうじん》な手首を武器に、54年に大リーグに入ったアーロンさんの野球人生は、黒人が権利を獲得していく時代と重なっている。

2021・1月

訃報《ふほう》を受け、米ニューヨーク・タイムズが715号を打たれた黒人投手の言葉を載せている。「あの時、どういう国だったかを思い出してほしい。60年代の公民権運動の時代は過ぎたようでいて、まだ終わっていなかった」

米国社会で間欠泉のようにわき出す人種差別の問題を見ると、道はいまだ途上であろう。それでも前に進んでいることは、いまアーロンさんに向けられる称賛が物語っている。

＊1月22日死去、86歳

ジン横丁とビール街　1・27

18世紀のロンドンでは、強い酒で値段も安いジンが大流行した。産業革命期の労働者にとって、手っ取り早く酔える酒は、つらい仕事を忘れる手段だったと飯田操著『パブとビールのイギリス』にある。

人々の身体をむしばむ事態を何とかしようと政府はビールを奨励した。その頃作られた「ジン横丁」なる版画は、泥酔して授乳中に赤ん坊を落っことす母親など、酒におぼれる男女の図だ。「ジン、忌まわしい悪魔……」の文も添えられている。

対になった「ビール街」という版画もあり、こちらは人々がジョッキ片手に楽しそうだ。そんな宣伝も、現在の「パブとビール」の文化につながっているのかもしれない。強い酒からの脱却は現代の課題でもある。

酒類メーカーが低アルコール飲料に力を入れ始めたと先日報じられていた。アサヒビールはアルコール度数3・5％以下の飲料とノンアルコール飲料をあわせ、販売数量の2割に引き上げる目標を立てた。他社にも同様の動きがある。

飲み過ぎによる健康被害は世界的な問題で、とくにコロナ下の不安や孤独が飲酒に向かわせると世界保健機関も警告している。感染対策で「行動変容」なる言葉が目につくが、飲み方の行動変容もできるか。

度数も大事だが、まず気をつけるべきは量だろう。〈ああこよひ我は富みたり／五勺《しゃく》の酒あり／塩鮭《しおざけ》は皿のうへに高き薫りをあげ……〉。中勘助の詩「塩鮭」にある五勺とは1合の半分。巣ごもり生活で飲みすぎそうな時に思い出したい。

横綱鰯　1・28

魚を表す漢字は、中国ではなく日本で作られたものが多い。中国の古代文明が栄えた内陸部は、海の魚に縁遠かったためではないかと、漢字文化に詳しい阿辻哲次さんが書いていた。島国ゆえに鰹《がつお》や鰤《ぶり》、鯛《たい》などの豊かな字が生まれたのだろう。

鰯《いわし》も読んで字のごとく「弱くてすぐ死ぬ魚」の意味だという。そう考えると、新しく発見された「ヨコヅナイワシ」の和名がついた巨大魚は、ちっとも鰯らしくない。駿河湾の深海にすむ体長1・4メートル、体重25キロに達する魚である。

普段食べるイワシとはグループの違うセキトリイワシ科に属するそうだ。堂々たる姿に加え、主に魚を食べ、食物連鎖の頂点にいるがゆえに関取のなかでも横綱とされた。新種を見つけ、その生態を言い表す命名はなかなか興味深い行為だ。

動物分類学者、岡西政典さんの近著『新種の発見』を読むと、昔から命名には苦労していたようだ。例えばカワウソの学術的なラテン語名はかつて、「足の先は手のひら状で毛が無く、尾は体の半分しかないイタチ」だったという。

説明で名前が長くなりがちのため、学名は2語に限ることになった。ちなみに現在名前がつけられている生物は、180万種にのぼる。それでも未知の種の存在は数百万とも数千万とも言われており、命名の道のりは長そうだ。

学者たちの格闘はともかく、名前を知ればその生き物がもっと身近に思えてくる。冬木立のなか、鳥たちの姿がよく見えるこの季節は、しっかりした図鑑が欲しくなる。

緊急事態宣言の判断　1・29

ピザという言葉を10回言ってください。「ピザ、ピザ、ピザ……」。では体のこの部分は？（ヒジを指でさす）。相手は思わず、ヒザと言ってしまう。おなじみの「10回クイズ」である。最初に繰り返した言葉に刺激され、脳がおかしな判断をするようだ。

では東京都の1日の感染者数が「1千人、2千人、1千人、2千人……」とさんざん聞かされてきた我々はどうだろう。千人を下回ったと耳にすれば、もう出口が見えたような気にもなる。慣れというのは恐ろしい。

検査数に違いがあるとはいえ、前回の緊急事態宣言の時は100人、200人でどきどきしていたのに。医療の現場が前回にも増して逼迫《ひっぱく》していることは、全国で自宅・宿泊療養中に亡くなる人の多さが物語る。

現下の緊急事態宣言は2月7日が期限だが、解除は難しいとの声が医療関係者から出ている。当然だろう。延長の判断がギリギリになれば、それだけ現場に混乱をもたらす。にもかかわらず菅首相の姿勢は「判断は期限の数日前」だそうだ。

いまだに宣言解除の可能性を探っているのか。10回クイズではないが、かつて繰り返した言葉が判断を鈍らせているように思えてならない。それは「コロナに打ち勝った証しの五輪開催」か、「GoToで経済活性化」か。

「シャンデリア」と10回言わせてから「毒リンゴを食べたのは?」と聞くクイズもある。答えは、シンデレラではなく白雪姫。五輪が我々に無理を強いるとすれば、毒リンゴにも思えてくる。

共食と黙食　1・30

人が集まって飲み食いをする「共食《きょうしょく》」は、長い長い歴史を持つ。「同じ釜の飯を食う」という言葉に近いものは、早くも日本書紀に見られる。歴史学者の原田信男さんが『「共食」の社会史』

で書いていた。

ヤマト政権に反乱した豪族の磐井が、かつての友と対立することになった場面でこう語る。「昔は吾《わ》が伴《ともだち》として、肩摩《す》り肘《ひじ》触《す》りつつ、共器《おなじけ》にして同食《ものくら》ひき」。肩やひじが触れるくらいの距離で食事をともにし、親しく語る。そんな機会がめっきり減ったこの1年である。

「個食」に加え、飛沫《ひまつ》防止のため会話せずに食べる「黙食《もくしょく》」なる言葉も耳にするようになった。京都市が黙食と書かれたポスターをつくり、希望する飲食店に提供していると本紙京都府版にある。元々は福岡のお店から始まり、注目された動きのようだ。

やや寂しいが、一つの手ではあるのだろう。黙食といえば、見習うべきは漫画『孤独のグルメ』の主人公か。雑貨商としてあちこちを回り、その土地のお店に一人でふらりと入る。脳内で独り言のように店を語り、料理を表現する姿はテレビドラマにもなった。

もっともいま改めて読むと、主人公以外のお客の和気あいあいとした感じに心引かれる。家族連れあり、飲み友だちあり。全員が全員、黙食であれば、孤独に食べる男の渋さが引き立つことはない。

みんなでわいわいと飲んで食べる。そんな夢を最近よく見るようになったのは、わかりやすい願望の表れだろう。現実になるまで、あとどれくらいか。

あくなき権力欲　1・31

ロシアで続く反プーチン大統領デモでは、男性用の青色の下着が運動の象徴となっている。政財界の腐敗を告発してきたナバリヌイ氏の弾圧に憤る若者たちが街頭へ繰り出す。

ナバリヌイ氏は昨夏、暗殺未遂に遭った。「ロシア当局者が青いパンツに神経剤を仕込んだ」と訴え、自国に戻ったところを空港で拘束される。デモに加わった数千人も連行された。

運動にはシンボルがもう一つある。トイレ掃除用のブラシだ。「黒海沿岸に大統領への賄賂として建てられた宮殿があり、トイレでは9万円のイタリア製ブラシが使われる」。ナバリヌイ氏がそう暴露したことにちなむ。告発映像を見ると広大な敷地に劇場やワイン工場を備え、まさに王宮のようだ。

プーチン氏は憲法を改正して、83歳で迎える2036年まで大統領の座にとどまることが可能になった。そればかりか生涯、刑事や行政上の責任を問われない特権まで手に入れた。

「快楽のトレッドミル（ランニングマシン）」という心理学の仮説を思い出す。マシン上をいくら走っても目的地にたどりつけぬように、欲求をいったん満たしても、幸福感は長続きしない。

そして欲求の水準はまた上がる。プーチン氏の権力欲も果てしない。

「1人の指導者が16年も続けば、どんな国民もうんざりする」。かつてドイツの長期政権をそう論じたのは当人である。大統領→首相→大統領と権勢の頂点に立つこと20年。弾圧に抗議の声を上げる人々をこの先も力でねじ伏せるつもりか。

2021

2
月

天に花咲け　2・1

秋田市の戸嶋郁子さん(55)は結婚して初めて迎えた節分の日のことを忘れられない。「鬼は外　福は内　天に花咲け　地に実《み》なれ」。二十数年前、いつもの掛け声とともに豆をまくと、夫が言った。「後半は何かのおまじない？」

生まれ育った秋田県の旧東由利町の実家では、「天に花咲け」と唱和するのが当たり前だった。雪深い地で、冬は昼間でも家の中が暗くて寒い。奥の座敷に鬼がいるような気がして、豆まきの日だけは、ふすまを開けて声を張り上げた。

節分を過ぎたころから少しずつ日が長くなり、春めいてくるのが子ども心にうれしかった。「豆まきをしないと、待ち焦がれた春がやって来ない。体にそう染みついているんです」。いまでは夫が隣で同じ言葉を唱えてくれる。

節分の迎え方は人それぞれ、地域それぞれ。「鬼は外　福は内」に合わせて大豆をまくとは限らない。落花生をまいたり、イワシを玄関に飾ったり、恵方巻きをほおばったり。「鬼は内　福も内」と声を発して、鬼を迎え入れるところもある。

2021・2月

今年の節分はおなじみの3日でなく、あす2日。1年が365日ぴったりではなく6時間ほど長いため、立春の前日である節分もずれる年がある。前回、2日になったのは明治30年。実に124年ぶりのことだ。

この冬は、例年とは異なる窮屈な日々が続いている。だから私も戸嶋さんにならって豆をまこう。「天に花咲け　地に実なれ　そしてコロナも退散を」。春を呼ぶおまじないに願いを込めて。

切なる陳情　2・2

国民の声に耳を傾け、吸い上げて政策に反映するのは政治家の本務である。それでも真剣に「陳情」を受けるのなら、時と場所というものがあるだろう。このご時世に深夜の銀座のクラブとは。

政府や自民党の要職にあった衆院議員3氏である。「陳情や要望を承るという立場で、一人で行った」。疑惑が発覚した先週、元国家公安委員長はそう釈明したが、真っ赤なウソだった。その陳情とやらの場には後輩2人も同席していた。

「前途ある有望な彼らをかばいたかった」という言い訳は、いかにも苦しい。誘われた2人はきのうまで自ら名乗り出ることをしなかった。「ほんとうに心苦しい思いで日々過ごしていた」と口々に述べたが、こちらもやはり同罪と言うべきだろう。

国民には外出や外食の自粛を求めておきながら、自分たちは楽しみを我慢しない。3氏が最後の店を出たのは夜11時過ぎだったという。同じように銀座で飲食した公明議員も、きのう辞職した。

昨年末、首相と自民党幹事長らも銀座のステーキ店で忘年会を開いている。それでも責められるべきは飲食業界ではなく、政治家の言行不一致の方だろう。そんななか、政府はきょう緊急事態宣言の延長を決めるという。さらには、遅くまで開けた店には罰を与えようとしている。

きのう3氏は党本部でそろって謝罪会見に臨んだ。深々と頭を下げたとき、壁面の真っ赤な党ポスターが目を射た。「国民のために働く」。むなしさに耐えかねて、一瞬目をそらした。

クラブハウスって？　2・3

このごろＬＩＮＥやツイッター、インスタグラムを見ない日はない。すっかり仕事にも暮らしにも欠かせない道具になったが、情報に追い立てられる気分は抜けない。ＳＮＳ疲れを自覚する。

それなのに性懲りもなく新たなアプリを試してみた。音声版ツイッターと呼ばれるSNSで、「クラブハウス」という。米国で昨春生まれ、料理や通勤をしながらでも使えると話題に。日本でも利用者が増えている。

だれでも好きなテーマのおしゃべりの場を気軽に作れる。届けるのは声だけ。文字も写真も動画もなし。やりとりはその場限りで、他人の発言にコメントを付す機能もない。

モノは試しで、天声人語を話題にした場を作ってみた。30分ほど参加したが、生の会話ゆえしばしば脱線。ゆるやかな雑談が妙に楽しい。会ったこともない方々が次々立ち寄ってくれた。

ふりかえれば、本紙にツイッターという言葉がお目見えしたのは2007年春のこと。当初はのどかな日記風の投稿が多かった。それが社会を動かす原動力になり、陰湿ないじめの刃《やいば》ともなりうるとは、想像できなかった。他方、早々と消えたSNSも数知れない。クラブハウスがこの先どう転ぶかはまだ見通せない。

スマホを使わない方々には、「SNSに疲れたならスマホを断てばよい」と笑われるかもしれない。それでも人と人とが自由には会えないいまだから、気軽に語り合える空間を欲する人が多いのではないか。雑談という営みの大切さを改めてかみしめる。

哀しき外来生物　2・4

兵庫県伊丹市にある昆陽池《こやいけ》は奈良時代に僧の行基が築いた池である。歌枕としても名高く、池畔には西行や定家らの歌碑や詩碑が点在する。風光に富むこの池にいつしか、ヌートリアという動物が出没するようになった。

市によると、池周辺に限らず年に10件ほど通報がある。「畑の大根や小松菜を荒らされた」「堰《えん》堤《てい》や田のあぜを削られた」。職員らが出動し、捕獲することになる。生態系に害を及ぼす特定外来生物に指定されたからだ。

ネズミの仲間で、南米が原産地。毛皮が防寒に役立つとして戦前に盛んに輸入された。戦時中は軍服用に国内で養殖され、食糧難の時代には栄養源にもなった。ところが戦後に需要が減り、野に放たれたという。

その身の上を聞いて思い出すのは、各地で野生化したアライグマのことだ。かつて「あらいぐまラスカル」というアニメが放送され、ペットとして人気を集めた。だが成長すると凶暴になり、持てあます飼い主が続出。農業の被害も深刻で、同じく駆除の対象とされた。

2021・2月

取材の最後に、昆陽池のまわりを歩く。探すまでもなくヌートリアはぬっと現れた。ネズミと呼ぶには大きすぎる。群れもせず悠然と泳ぐさまは野生そのもの。近寄る私を察知したとたん、警戒で目がとがる。遊泳をとめ、猛スピードで草むらに消えた。

池畔の文学碑を眺めながら、もしヌートリアが歌人ならどう詠むかと夢想した。〈帰りたし故郷は遠く夢の果て　わが身切なき昆陽池の水〉。そんな心境だろうか。

はしか絵に学ぶ　2・5

食してよきもの干し大根、ゆり根、あわび。悪《あ》しきもの酢の物、そら豆、ごぼう……。はしか（麻疹）が猛威をふるった幕末1862年、そんな怪情報をたっぷり載せた浮世絵が出回った。「はしか絵」と呼ばれる。

「浮世絵というと現在では高価な芸術品ですが、江戸の庶民にとっては安価な情報媒体でした」。そう話すのは、埼玉県立嵐山《らんざん》史跡の博物館の学芸員加藤光男さん(59)。文字だけの瓦版と違い、絵と字で解説する「はしか絵」は好評だったらしい。

たとえば、「はしか童子」を捕縛しようと酒屋や屋形船屋が取り囲む絵。「酒を飲むな」という教えが広まって店が傾いた職種がわかる。療養中の花魁《おいらん》を描いた絵は、入浴や飲酒を75日は控えるよう説く。

加藤さんによると、当時、春の第1波と夏の第2波の間に、不確かな情報はどんどん淘汰《とうた》された。怪しげな食品情報や呪術は激減する。最後まで生き残ったのは、感染を避けて男性が家で花を生け、女性が読書するさまを描いた絵。いわばステイホームの教えだった。

思い出すのは昨春、SNSで拡散した奇怪なコロナ退治策のいくつか。「花崗岩《かこうがん》のかけらを携行する」「27度のお湯を飲む」。真に受けた人に会ったことはないが、世間が浮足立つとはこういうことかと実感した。

私たちも第2、第3の波を浴びつつ日々学んできた。買い占め、自粛警察は見なくなった。手洗い、マスク、人との距離は定着した。同時代を生きる者として世の方々の冷静さに感謝したい。

2021・2月

「折々」を待ちながら　2・6

「折々のことば」と小欄は、軒を連ねるお店のよう。互いに干渉せぬ仲ながら、気持ちの上では支え合い、競い合う。休業中のお隣に代わり、「私の折々のことばコンテスト」から胸に響いた言葉をご紹介しよう。

今回は全国の中高生から2万9千編が寄せられた。札幌市の中学生冨田遥乃《はるな》さんの大切な言葉は、宮城県に住む祖母の「食う分さげあればいィ」。コロナ下で様子うかがいの電話をかけると、「津波に比べだら屁《へ》でもないよ」と元気な声。「濡《ぬ》れでないし、寒ぐないもの。どうなっかわがんないごとに人はビビるんだっちゃ。起ぎで食って寝る。あどなんもいらんべし」。思い、思われ、ちゃんと食べる。日常の大切さを学んだそうだ。

大阪市の中学生村上夢奈《ゆな》さんはテストで書き間違いをした。「肥満」のつもりがなぜか「脂満」に。しょげて話すと、兄が「その方が正解っぽいやん!」。父は父で「お父さんのお腹《なか》は脂に満たされてるぞ」。家族の笑いに救われた。

「靴の脱ぎ方であなたがわかる」は、神奈川県小田原市の中学生笹尾琴把《ことは》さんの作。2年前のある日、母が「学校を少し休んだら?」。雑な靴の脱ぎ方で、何かつらい目に遭っていると見抜かれた。このごろは靴をそろえるよう注意されるが、日々の「報告」のつもりで、あえて気分のままに脱ぐという。

世界中で人々が言葉に傷つき、言葉に励まされ、言葉に奮い立つ日々。珠玉の言葉を伝える「折々」の店の扉がまた開く日を隣で心待ちにしています。

失言と価値観　２・７

振り返ると失言のデパートのような森喜朗さんの政治人生である。その言葉は無軌道のようでいて、背景にある価値観も見えてくる気がする。論争や説得の軽視である。どちらも本来、政治に不可欠のはずなのに。

首相時代には、総選挙を前に無党派層についてこう述べた。「（選挙に）関心がないといって、寝てしまってくれればいいんですけれど」。政策を訴え、こっちを向いてもらう努力などする気がないように聞こえた。

今回の「女性がたくさん入っている理事会の会議は時間がかかる」にもつながる。一番の問題は「女性だから」「男性だから」という色眼鏡で最初から見ている点だ。同時に、会議で議論するのがマイナスであるかのような価値観があらわになった。

政界をはじめ日本の組織では、森さんのような調整型のリーダーが大事にされてきた。表舞台で活発な議論を促すのではなく、有力者たちの要求をぐっとのみ込んで、痛み分けの裁定をする。根回しを駆使しながら。

2021・2月

五輪にしても昨年の段階で、中止と延期の利害得失を明らかにして国民の議論を促すべきだった。今も「プランB」すら示されず、空虚な精神論ばかりが聞こえてくる。調整は裏でやるから黙ってろ、ということか。

森さんの発言を皮肉った「#わきまえない女たち」、そして「#DontBeSilent（黙っていないで）」といった言葉がネット上で広がる。「男たちによる調整型」を続ける多くの組織に対する異議申し立てでもあろう。

軍事クーデター　2・8

ミャンマーの最初の王は選挙によって選ばれた。そんな伝説があることを根本敬《けい》著『物語　ビルマの歴史』で学んだ。人間たちははじめ仲良く暮らしていたが、だんだんと欲深くなり、対立や犯罪がはびこるようになった。

そこでみんなで話し合い、一人の王を選んで安寧に統治してもらおうと決まったという。素朴なお話だが、伝説が人々の誇りになることもある。アウンサンスーチー氏もかつて民主化運動のなかで引き合いに出したそうだ。

民主化への動きが進んでは武力で潰される。ミャンマーで1948年の独立以来、繰り返されたことがまた起きてしまった。62年、88年、そして今回の軍事クーデターである。選挙で国軍系の政党が大敗するとみるや、結果をなきものにした。

直前までスーチー氏が率いていた政権は、ロヒンギャ迫害問題では国軍にずいぶん遠慮しているように見えた。しかしその程度では十分でなかったのだろう。国会に「軍人枠」を定める憲法の改正をめざす動きを、軍は許さなかった。

軍隊が力を持つ国では起こりがちだが、ミャンマーでも軍は傘下に企業を持ち、経済活動に携わっているという。彼らが守ろうとしているのは軍の利権か、軍人の名誉か。人々の目と耳をふさぐため、インターネットまで遮断した。

この国のことわざに「知識は黄金の壺《つぼ》、誰にも盗めず」がある。ここ数年の民主化の歩みから、人々は経験と知識を深めたはずだ。軍への抗議行動が続き、国際社会の支援を求めている。

探梅　2・9

早咲きの梅を求め、山野を巡ることを「探梅《たんばい》」という。山や野とはいかずとも、近所を歩き探したくなる季節になった。咲き始めの一輪、二輪がうれしいのは、冬から春への架け橋に立った気分になるからだろう。

中国や日本の絵画で、梅は蘭《らん》、竹、菊とともに「四君子《しくんし》」と呼ばれる。気品があり、高潔なところが君子のようだとされ、好んで描かれたという。先日ラジオで耳にした漢詩も、そんな雰囲気を伝えていた。

〈庭上《ていじょう》の一寒梅《いちかんばい》／笑《え》んで風雪《ふうせつ》を侵《おか》して開く／争わず　また力《つと》めず／自《おの》ずから百花《ひゃっか》の魁《さきがけ》を占《し》む〉。風雪をしのぎ、微笑《ほほえ》むように咲く。決して無理することなく。同志社英学校を開いた新島襄の「寒梅」である。

この冬、北国では例年にない風雪を耐え忍ぶことになった。高齢化が進み、屋根の雪下ろしもままならない、そんな地域も多かったに違いない。温暖化は不意のドカ雪ももたらすというから、災害対策としての構えが必要になる。

民俗学者として東北を歩いた柳田国男に「雪国の春」の文がある。「嵐、吹雪の永い淋《さび》しい冬《ふゆ》籠《ごも》りは、ほとほと過ぎ去った花のころを忘れしめるばかり」「ようやくに迎ええたる若春の喜びは、南の人のすぐれたる空想をさえも超越する」。春への思いの強さは雪の深さに比例するのかもしれない。

自分の周囲の季節感をもとに、花や生き物を書くのを申し訳なく思うことがある。春まであと一歩、二歩、いやまだ歩き出してもいないという地域でも、それぞれに春を待つ人がいる。

2021・2月

偽の版画　2・10

高名な画家の手によると思われていた作品が、あるとき贋作《がんさく》だと明らかになる。時折起きるそんな出来事が教えてくれるのは、今このときも偽物の絵が本物のような顔をして、どこかに展示されているという可能性だ。

それをあからさまに口にしたのが、フランスの画家テオドール・ルソーである。「我々が語ることができるのは、見抜かれてしまうような出来の悪い贋作についてだけだ。出来のよい贋作は今なお壁にかかっている」

こちらの版画の数々も、どこかのご家庭の壁を今も飾っているに違いない。日本画の平山郁夫などの作品をもとに作った版画の偽物が、市場に出回っていた。大阪府の画商が奈良県の工房に作らせていたという。百貨店は過去に売った版画の真贋《しんがん》を調査し始めた。

正規ルートでないところで制作された、言わば闇版画である。長いこと誰も気づかなかったとすれば、それなりの出来だったのか。洋画でも偽物が見つかった。

自宅の壁を名画で彩りたいが、ポスターでは味気ない。より本物らしく見える版画が買われた理由だろう。それでも1枚十数万円から150万円ほどするというから、決して安くはない。やはり鑑賞は美術館ですることにしよう。

江戸後期の風俗を綴《つづ》った『江戸繁昌記』に骨董《こっとう》屋の描写がある。「遠くから見れば精良だが、近づいて見ると、粗製濫造《らんぞう》で、偽製・贋作がそのまま置かれたり……」（竹谷長二郎現代語訳）。美と贋作との付き合いは長く、簡単には終わりそうにない。

睡眠剤混入　2・11

害にしかならないような薬を服用し続けた例は、医療の歴史に数多くある。水銀入りの薬は長い間、気分の落ち込みから便秘、梅毒まで万能薬のように用いられた。米大統領に就任する前のリンカーンも頭痛などに悩まされ、常用した。

怒りの発作など水銀中毒に重なる症状が出ていたと、ケイン、ピーダーセン著『世にも危険な医療の世界史』にある。現代日本にも極めて危険な薬が潜んでいた。水虫などの治療薬に睡眠導入剤が混入した件で、小林化工が業務停止命令を受けた。

原因は医学の限界ではなく、限度を超えたルール無視にある。裏マニュアルのようなものがあり、本来してはいけない原薬のつぎ足しが認められていた。２人１組で作業するチェック体制もおろそかにされた。品質検査で異常が見つかっても、そのまま出荷された。

服用後に運転し、ハンドルを握りながら意識を失った人の話が先日の紙面にある。ずるずると坂を下った後、道路脇の石に乗り上げたところで意識が戻ったという。病気を治すはずの薬が命を危険にさらすとは。

小林化工の社長によると、今回の問題は「法令、ルールより効率を優先した」結果だという。使う人のことが頭からすっぽり抜け落ちたような効率は、すでに効率の名に値しない。どんなものづくりでも同じだろう。

賢者は歴史に学び、愚者は経験に学ぶという。歴史までいかずとも、他社の失敗経験ぐらいは業界を問わず学べないものか。企業の安全軽視が問題になるたび思う。

白鳥の飛来　２・12

昨年の秋、群馬県館林市にある美術館を訪れた折に、近くの多々良《たたら》沼まで足を延ばした。ちょうど夕暮れどきで、橙色《だいだい》に染まっていく水面にしばし目を奪われた。散歩に来ていた地元の方と話をして、ここは白鳥が越冬する場所だと知った。

数日前のニュースで、シベリアから多々良沼への白鳥の飛来がピークを迎えていると耳にした。暮色のなか、ゆったりと泳ぐ姿を想像する。例年より鳥の数が多いのは、大雪となった日本海側を避け、エサを求めてやって来たためらしい。

鳥が渡るのを人の旅行になぞらえれば、避寒の言葉が浮かぶ。しかし羽毛に包まれた鳥たちにとって大切なのは寒暖ではなく、食べ物があるかどうかだ。優雅に見える彼らも生きる糧を求めて必死なのだ。

各地に伝わる羽衣伝説の天女は、白鳥に擬せられる。舞い降りた天女は水浴びを始めるが、男に羽衣を隠されてしまう。天には戻れなくなって男と夫婦になり、子ももうけるが、やがて羽衣を見つけ、帰る日が来る。

人が白鳥に聖なるところを見たのは、北の方角から渡り、北へ帰ることにも関わっていると、長く研究してきた赤羽《あかば》正春さんが『白鳥』で書いていた。日が昇る東、日が没する西、あたたかな南、そして寒冷な北。北は生命が塞がれる方角、さらには生命が始まり、終わる場所として認識されたのではないかと。

〈白鳥といふやはらかき舟一つ〉鍵和田柚子《ゆうこ》。聖も美も、そしてたくましさもその舟に乗せながら、鳥はしばしの滞在を続ける。

森会長の辞任　2・13

こんなクイズがある。父親と息子が交通事故にあい、二人とも大けがをした。救急車で別々の病院に運ばれ、息子のほうを担当した外科医は顔を見るやいなや叫んだ。「これは私の息子です！」。一体どういうことか。

外科医はその子の母親だったというのが答えである。クイズとして成り立つのは外科医と聞いて男性だと思い込む人が多いからだろう。そんな「無意識の偏見」について、連合が昨年、組合員ら5万人に調査した結果がある。

「『親が単身赴任中』というと父親を想像する」と答えた人が全体の66％にのぼり、「お茶出し、受付対応、事務職、保育士というと女性を思い浮かべる」は39％だった。偏見は社会の現実により形作られる面がある。そしてその偏見が社会の変化を遅らせてしまう。

その意味で森喜朗さんの色眼鏡は、かなりの濃さだった。言葉の裏にある心の声は「女は黙ってろ」としか聞こえなかった。東京五輪組織委員会の会長を辞するのにこれほど時間がかかったのは、本人も周囲も菅政権も事態の深刻さを分かっていなかった証拠だ。

ひどすぎる経緯のなかに救いを見るなら、日本の男社会が改めて問われたことだ。この国のあちこちで女性に「わきまえる」ことが求められてはいないか。濃淡はともかく、多くの人が色眼鏡をかけているのではないかと。

足を踏みつけている人はその痛みが分からない。筆者も含め男たちが我が身を振り返り、自分のなかにある偏見を見つめる。急ぐべき道である。

九つの鐘　2・14

《海　命　愛　友情　希望　平和　祈り　安らぎ　永遠》。愛媛県立宇和島水産高校の玄関にある石碑には、9人を悼む九つの言葉が刻まれている。20年前、ハワイ沖で実習船「えひめ丸」が米原子力潜水艦に衝突され、犠牲となった生徒や教官ら9人だ。

事故の全容は『海への祈り』という本に詳しい。3冊計970ページ。筆者は、副知事として米軍相手に船体引きあげや賠償の交渉にあたった矢野順意《のぶよし》さん。退職後に3年がかりで執筆し、一昨年、86歳で亡くなった。

「そんなに根詰めて書かなくてもと何度も言いましたが、『早いうちにまとめんといかん』の一点張りでした」。長男博朗《ひろあき》さん（60）は振り返る。毎晩、書斎にこもって日付が変わるまでペンを走らせた。

冷静な筆致ながら、海の惨劇を語り継がねばという熱意がのぞく。船を浅瀬に引きあげ、不明者の遺体が見つかり出したのは事故から8カ月後。「悲しくやり切れない」。事故原因が発表されると、「信じがたい。これほどまでのエラーの連鎖がなぜ続いたのか」とつづった。

米当局の調査報告書を改めて開く。米原潜が招待した民間人をもてなすための緊急浮上が原因だったことに絶句する。お遊びのような訓練ではないか。実習生たちの無念を思うとやりきれない。

事故から20年を迎えた10日朝、追悼式典に臨み、犠牲者の数と同じ9回の鐘の音を聞いた。《海を怖《おそ》れず　海を愛し　海を拓《ひら》け》。すぐわきの石碑の言葉に見入り「海を語り継ごう」と胸に刻んだ。

大きな揺れ　2・16

昼食を済ませた芥川龍之介がお茶を飲もうとした瞬間、強い揺れが来た。3歳と0歳の息子を助け出すことなく玄関先へ駆け出し、妻に叱られる。「赤ん坊を置いて逃げるなんて」。関東大震災の日のことだ。

延焼を恐れて、一家は翌日あわただしく避難する。子どもたちの衣類を抱えた妻と違い、作家は「漱石先生の書一軸」のみを風呂敷に包んだ。地震の際どんな行動をとったか後々まで語られるのが文豪のつらいところだ。

週末の夜、福島県沖で起きた地震の被害は東日本の広い範囲に及んだ。土砂が高速道をふさぎ、折れた電柱が新幹線を止めた。負傷者も少なくない。それでも揺れの激しさを思えば、被害は最小限に食い止められた。各地の日ごろの備えのたまものだろう。

わが胸に手を当てれば、当夜のオロオロぶりは自分でも情けないほど。自宅にいながら台所の火を確かめることも、机の下にもぐりこむこともせず終わった。非常持ち出し袋を開けば、飲料水は保存期限を過ぎ、マスクはわずかに2枚。備えの手薄さも反省した。

「これは天地が裂けたと思つた。絶対にこれは駄目だ、地球が破滅したと思つた」。同じく関東大震災に遭った作家、横光利一は回想している。ケガこそなかったが、「心に受けた恐怖」は長く尾を引いたという。

あの東日本大震災の災禍をくぐり抜けた方々に、今回の激烈な揺れが与えた恐怖を思う。津波が起きなかったことに胸をなで下ろしつつ、一日も早く大地が鎮まるよう切に願う。

きょうからワクチン接種　2・17

始まったばかりの大河ドラマ「青天を衝《つ》け」で注目したのは竹中直人さんの存在感。水戸藩主徳川斉昭《なりあき》を熱く演じた。頑迷きわまる尊皇攘夷《じょうい》の巨魁《きょかい》という印象の強い人物だが、意外と開明的な一面を持つと最近知った。

幕末、コレラが猛威をふるった際、斉昭は〈万民の助〉にしたいと手引書を作って領民に配った。〈日本国中、老少男女の区別なく感染する。良医や良薬のない片田舎では患者は治療もされない〉と憂い、自ら草稿の筆をとった。

勧めたのは、こまめなうがい、屋内の掃除。大酒や大食、油ものを避け、筋骨をよく動かすこ

2021・2月

と。〈薬石の粉末を絹の袋に入れて男性は左半身に、女性は右半身に帯びるべし〉など怪しい記述もあるが、書きぶりはあくまで懇切だ。

「ほとんど知られていませんが、斉昭は研鑽《けんさん》を忘れた医学界を批判し、医学知識を熱心に吸収しました」。藩校だった「弘道館」の主任研究員小圷《こあくつ》のり子さんは話す。国際情勢のみならず感染症の動向にも人一倍敏感だったという。

天然痘の流行期には、種痘ワクチンの普及に力を注ぐ。士農工商の身分を問わず接種は無料。受けた子どもたちにお小遣いを与えたこともある。何としてもワクチンで領民を救いたいという熱意に感じ入る。

新型コロナでもきょうからワクチンの接種が始まる。自分の番はいつか、副反応は出ないか。だれもが期待と不安の間を行き来する。そんないまだからこそ、政府は情報開示を徹底してほしい。〈万民の助〉となるように。

五稜郭の氷　2・18

幕末の日本で暮らした欧米人士が困ったのは、氷が手に入らないことだった。生ものの保存にも患者の解熱にも欠かせない必需品。はるばる米国から船で「ボストン氷」が運び込まれた。「氷なら国内にもある」と気づいたのは中川嘉兵衛という商人。富士山麓《さんろく》の氷を木箱に詰めて運び出すが、炎天に解けてしまう。試行錯誤の末、函館の五稜郭の氷を切り出し、東京へ海上輸送する。明治の初め、「函館氷」はたちまちボストン氷を駆逐した。

こんな古い話を持ち出したのは、新型コロナの収束に向け、超低温の運搬技術が注目されているからだ。「マイナス78・8度。異常ございません」。欧州から空輸されたワクチンが病院に届くやいなや、運び手が温度計を示した。

この先、広く人々が免疫を得るのはいつか。カギの一つはワクチンを守り運ぶ冷凍インフラだろう。冷凍庫や保冷箱、ドライアイスは足りるのか。わが腕に届く時期は、それら冷凍系の品々にも左右されそうな予感がする。

私たちの暮らしは冷やす技術なしでは成り立たない。「冷蔵装置が整うまで、刺し身は海辺の里だけの食べ物だった。多くの人々は生涯あこがれつつ想像するばかりだった」。書き残したのは柳田国男である。昭和の初め、内陸でも海の幸を楽しめる幸福をつづった。

待ちに待ったワクチン接種が始まった。即根絶とはいかぬものの、いまはその一滴たりとも無駄にしたくない。令和の初め、わが国の冷凍史に新たな一章を刻む好機としたい。

五輪の申し子　2・19

シドニー五輪の年に生まれた娘は聖火にちなみ「せいか」。続く息子たちも、誕生年に開催された五輪から「亘利翔《ギリシャ》」「朱李埜《トリノ》」。橋本聖子さんが自著の『オリンピック魂』で命名の理由を説明している。

父が付けた自身の名も聖火に由来する。幼いころ、その父から「補助輪を外しても自転車に乗れるのか」と問われ、「乗れます」とウソをつく。正直であれと念じた父に池へ放り込まれ、娘は反省する。翌朝、猛練習して乗ってみせた。

意外にもずっと頑健だったわけではない。小3で腎臓を患って入院する。小児病棟で知り合ったのは重い病気と闘う子たち。「私の分まで生きてね」。亡くなった少女の言葉が、のちに政治を志すきっかけになった。

スケートと自転車とで夏冬の五輪に計7回。最後の1996年夏は参院議員との二足のわらじとなった。朝3時から練習し、8時に国会へ。帰宅後にまた練習した。それなのに、「自転車競技はそんなに楽なのか」「参院はヒマなのか」と双方向からの非難に悩んだという。

五輪の申し子、橋本さんが大会組織委員会のトップに立つ。コロナが収束せぬまま本番まで残り5カ月、世にもむずかしい仕事である。しかも女性蔑視発言で引責辞任した森喜朗氏を「政界の父」として仰いできた。混乱を収め、人心を一新できるだろうか。

予定通り今夏に開催できるのならよいが、くれぐれも冷静に感染状況を見極めていただきたい。乗れぬ自転車に乗れるフリをする必要はまったくない。

名を盗む　2・20

名探偵ホームズに奇妙な依頼が持ち込まれた。「報酬は高いのに、大英百科事典を1日4時間書き写すだけの仕事に雇われた。ことの全容を知りたい」。コナン・ドイル著『赤毛組合』は、書き写しという短期アルバイトの闇を描く。

昨秋、佐賀市で書き写しの仕事をした方々は不審だと思わなかったか。段ボール10箱分もの名簿にある氏名、住所、生年月日をひたすら署名簿に転記する。100人近くが10日を費やしたという。

芸術祭の展示内容をめぐり、愛知県知事の解職を求める署名のはずだった。だが提出された43

万5千筆のうち、無効の疑いが全署名の8割に。同一の人らしき筆跡が大量に見つかったほか、選挙人名簿にない名もあった。

集められた署名簿約50枚を見た同僚によると、数百人分の名が並ぶのに、筆跡からは2人の手のように察せられた。きっちり派と流し書き派。後者の「口《くち》」の字はどれも「○」のように見え、数字の2の横棒はいつも斜めに跳ね上がっていた。

中国の古い警句を思い出す。〈名を盗むは貨を盗むにしかず〉。実質のない名声を得るのは財貨を盗むより卑劣という意味合いだが、今回起きたのは文字どおり「他人の名を盗む」行為だろう。民主主義の根幹を揺るがしかねない。

「事件が奇妙であればあるほど、かえって本質はわかりやすくなる」。冒頭の小説でホームズは、風変わりなアルバイトの裏に隠された巨大犯罪をたちどころに見抜いた。怪しい署名簿にはどんな企てがあったのか。

スマホと人類　2・21

書院、文豪、ルポ……。これらの製品名から、かつてのワープロを思い浮かべるのは50代以上の方か。パソコン以前の過去の遺物。そう思っていたら、音楽評論家の片山杜秀《もりひで》さんが今もルポを愛用していると知って驚いた。先月の本紙ｂｅによるとかれこれ35年の付き合いで、製造中止の前に慌てて中古3台を追加で買ったという。古い型だとインターネット検索もできないため「逆に書くことだけに集中できる」そうだ。

深い論考の数々はそうして生まれてきたのか。感じ入りながら手に取ったのが、話題の新刊『スマホ脳』である。スウェーデンの精神科医アンデシュ・ハンセンさんが、デジタル機器により集中力が奪われていることを人類史にさかのぼって論じている。

20万年前の人類誕生以来、脳は集中を分散させ、現れるものに素早く反応できるよう進化してきた。近くにライオンがいないか、危険はないか。そんな先祖伝来の習性がスマホで増幅されている。メールが来ていないか、ＳＮＳに「いいね」がついていないかと。

スマホで最近目立つニュースは、データ容量は大きく、料金は低くという動きである。企業間の競争が働くのはいいことだが、世のスマホ漬けがさらに進まないかと少し心配になる。『スマホ脳』では使用を減らす案も紹介しており、「目覚まし時計と腕時計を買おう」などがある。「表示をモノクロに」は当方も実践しており、お薦めだ。あのきれいな色がおいでおいでしていたことがよく分かる。

2021・2月

春の色、春の味　2・22

花屋の店先に春を感じるなどといえば、無粋の極みかもしれない。それでも小さくほころぶ桃の枝が飾られているのを見ると、軽やかな気持ちになる。その隣には、黄色い菜の花と青い麦を組み合わせた花束があった。

意外なようでいてお似合いなのは、麦畑の穂といちめんの菜の花が、かつてはどこにでもある農村風景だったからだろう。買い求めて花瓶に挿すと、春がそこにちょこんと座っているように見えた。

春の色があり、春の香りがあり、そして春の味がある。菜の花は昔から春の訪れとともに食されてきた。料理の格言に「春の皿には苦みを盛れ」という。菜花もふきのとうも、苦さを、そしてそのなかの甘さを楽しみたい。

菜花には気候風土にあわせた品種が多く、群馬に「かき菜」が、新潟に「川流れ菜」がある。筆者の近所で手に入る「のらぼう菜」は、東京や神奈川などで作られてきたという。寒さに強く、天明・天保の飢饉《ききん》では多くの人命を救ったと伝わる。どの菜も冬の寒さをしのぐことで味わいを深くする。

この間までの寒気がうそのように、各地で暖かな週末となった。関東では桜の散る頃の陽気というから、ジェットコースターに乗っているかのようだ。きのうは蜂そして蝶《ちょう》が羽ばたくのも目にした。もしや、びっくりして跳び起きたか。

予報によるとあすからはまた冬の寒さに戻るという。「寒暖差疲労」という言葉もあるほどで、体調には十分気をつけたい。滋味あふれる野菜などをいただきながら。

兜と陣羽織　2・23

菊池寛の短編小説「形」は、槍《やり》の使い手として勇名をはせた武者、中村新兵衛が主人公だ。「槍中村」と呼ばれ、その兜《かぶと》と陣羽織が見えただけで敵兵は恐れおののいた。そんな彼がある日、主君の子息から兜と羽織を貸してほしいと頼まれる。

明日の初陣で敵を驚かせ、ぜひ手柄を立てたいのだという。戦場に「槍中村」の姿を借りた若者が現れると、敵陣は乱れ始めた。力ある者の形だけでも力を持ってしまう。

同じように総務省の幹部たちも自制心が乱れてしまったか。菅義偉首相の長男が勤める東北新社から度重なる接待を受けていた問題で、火の手は広がる一方だ。公務員の倫理規程違反で処分者が続出しそうだ。

なぜこの会社とだけ頻繁に会食していたのか。国会で追及されても合点のゆく説明はないが、断れない役人の気持ちは想像できる。相手は菅氏の息子であり、かつての総務相秘書官として旧知の間柄なのだ。

1990年代に悪名をはせたのが、金融機関による大蔵省や日銀への接待攻勢だ。1人1万円程度は「ざぶん」、5万円前後は「どぼん」の隠語も使われていた。今回もどぼん並みの例がある。行政は本当に歪《ゆが》められていないのか。権力者の周囲に特権が生まれるなら、なるほど安倍政権の正統なる継承者である。

小説に戻ると戦場には新兵衛もいて、いつもと違ういでたちで戦っていた。怖じ気付くことなく向かってくる敵兵を簡単には倒せない。気軽に兜と羽織を貸したことが彼を窮地に追いやっていく。

生命を探して　2・24

地球外生命体はどんな姿か。タコ型やヒト型など、昔から作家や科学者たちが想像をたくましくしてきた。こんな冗談も何かの本で読んだことがある。宇宙から持ち帰った微生物を顕微鏡で見ると、不思議な動きを始めた。

それはやがて文字を形作り、現れた言葉は「ダイヒョウシャニアワセロ」。微小な存在ながらも知的生命体で、地球の代表者との面会を求めた。荒唐無稽だが、生命の形に先入観を持ってはいけないという気持ちになる。

命の痕跡を探す。簡単ではなかろうと思いつつ、そんなうたい文句にはいつもわくわくする。米航空宇宙局（NASA）の探査車パーサビアランスが火星への着陸に成功した。かつて湖だったと考えられる場所で、微生物のあとが残っていないかを2年かけて調べる。

着陸時の動画も公表され、赤褐色の地表に向かい、あと300メートル、20メートルと一緒に下りているような気分になれる。公募から選ばれた探査車の名前は忍耐を意味する。同じく候補だったプロミス（約束）などが外れたのは、約束できるほど易しい任務ではないからか。

火星に生命があるという見方は、勘違いから始まった。19世紀に望遠鏡で観測したイタリア人が地表の模様を「溝」と表現した。それが英語で「運河」と誤訳され、運河があるなら火星人がいるはずとなった。近年は水の存在がほぼ確認され、再び生命探しが熱を帯びている。たとえどんな形の命が見つかっても、太陽系の仲間だと思いたい。ちと気が早すぎるか。

この時期になると…… 2・25

〈めでたさも中位なりおらが春〉。一茶が新春を詠んだ句ではあるが、この時期になると口にしたくなる。紅梅も白梅も早咲きの桜も、あんなに美しいのに。憎っくきスギ花粉のせいで外を歩くうれしさが半減する。

日本の国民病といわれる花粉症だが、かつては英国と米国に特有の病と考えられていたと小塩《こしお》海平《かいへい》著『花粉症と人類』で知った。原因すら分からなかった19世紀初め、自ら症状に苦しんだ英国の医師による学会報告がある。

毎年6月になるとまぶたが熱を帯び始め、「激烈な痒《かゆ》みと疼《うず》きに襲われ、まるで眼球のある小さな箇所が刺されるあるいは突かれるような感じになり……」。下剤や断食などを試みたが効果がないという。

暑熱や神経症によるとの説も出たが、牧草花粉が原因だとやがて明らかになる。背景には荒れ地の開拓などで牧草地が増えたことがあった。米国ではブタクサ花粉が人々を苦しめた。都市開発で各地に生まれた空き地が、この植物の進出を招いた。

いくら花粉を憎んでも、それは人の営みへと向かうことになる。我が国のスギ花粉症も、戦後の植林政策の結果だ。無花粉スギを増やす動きにも期待したいが、時間はかかるだろう。せめてコロナが収まれば、人前で無理にくしゃみをがまんしなくてもすむのだが。

〈山鳩の泪目《なみだ》赤し杉の花〉無聞齋。目の赤い山鳩よろしくまなこをはらし、涙もする。スギの少なかった時代に戻りたいとは言わぬ。できるならば花粉の少なかった昨年並みに戻して。

火と山　2・26

たき火、あるいは携帯コンロであっても、山で使う火には不思議な力がある。ほっとする暖かさがある。早世した登山家、大島亮吉《りようきち》が文章を残している。「ひとりで山を歩くものにとって、焚火《たきび》は最も無口で、しかも陽気な伴侶《とも》である」

だから「心さびしいときは火を燃やせ、その陽気な顔をみつめよ」と。ほがらかさは、ときに恐ろしい力にもなる。栃木県足利市の両崖山《りょうがいさん》で、21日から山火事が広がり続けている。ハイカーの火の不始末が原因ではないかという。

乾燥した空気が木々を燃えやすくし、地元で「赤城おろし」と呼ばれる強風が炎をあおった。火が民家の間近に迫り、避難勧告が相次ぐ。夜の闇に炎がゆらぐテレビの映像は不気味で、近くに住む人の不安を思う。

大きな山火事のニュースは米国や豪州など海外から届くことが多い。しかし日本でも過去には大惨事があった。1971年、広島県呉市の山火事で消防士18人が命を落とした。顚末《てんまつ》を記録した中澤昭著『なぜ、人のために命を賭けるのか』によると、火災は1週間のカラカラ天気の後に起きた。当時は火を追いかけ、叩《たた》いて消すやり方が中心で、消防士を危険にさらした。数々の苦い経験の上に現在の消火技術、消防活動があるのだろう。

それでも火災の本質的な恐ろしさは変わらない。ヘリコプターによる散水が続くが「最終的には消防隊員が水を背負って山に上がり、火だねを消して歩くしかない」との言葉が本紙デジタル版にある。雨はまだだろうか。

五輪と聖火　２・27

戦前の知事は選挙のない官選で、ときの内閣が意のまま更迭できた。国が主であり、地方は従。そんな考え方は知事公選となった戦後も温存された。変化をもたらしたのが２０００年に施行された地方分権一括法である。

「政府と自治体は対等」という法の精神を学び直してはいかがか。そう思わせるのが自民党の竹下亘衆院議員だ。島根県の丸山達也知事が県内での聖火リレーの中止を検討すると表明した後、こう言った。「知事を呼んで注意をしなくてはいけない」

竹下氏も島根選出だが、国政で長く有力者の座にあると知事を下に見てしまうのか。知事との会談ではリレー中止は「知事が決めるこっちゃねえだろう」と語ったそうだ。しかし今すべきは異論を真剣に聞くことではないか。

知事の懸念は聖火リレーが感染を拡大するということではない。「おおもとの五輪に問題がある」との主張である。感染対策が不十分のまま開催すれば、コロナが再拡大して首都圏に限らず島根の経済も打撃を被る。全国に通じる問題であろう。

世論調査では五輪の中止や再延期を求める声が多く、島根で翻った反旗の方がむしろ世論の大勢に近い。永田町や霞が関から遠いがゆえに物事を冷静に見られる面もあるかもしれない。

ＧｏＴｏが足かせになり、感染対策が後手に回った。誰もがワクチン接種を受けられるのはいつなのか、見通しが立たない。きのうは首相記者会見も見送られた。島根の知事ならずとも心配になる話が続いている。

コロナの後遺症　2・28

カレーを一口なめただけで、スパイスの種類や量をぴたりと言い当てられる人はいるだろうか。「しょうがにニンニク、シナモン、クローブ……」。安房直子さんの童話『まほうをかけられた舌』の主人公、洋吉にならできる。

地下室に住むこびとが舌に木の葉を乗せ、呪文を唱えて魔法をかけた。この舌があれば、高級レストランの自慢料理もたちどころに再現できる。すごい、私も欲しいと、幼いころに夢中で読んだ。

そんな記憶がよみがえったのは、昨春に新型コロナウイルスに感染したイタリアの友人から近況を聞いたからだ。「目を閉じて食べると、ピザかパスタかパンかわからない」。回復から8カ月たっても続く、嗅覚《きゅうかく》・味覚障害である。

彼女によると、コーヒーはガソリン、肉は金属のような味がするという。さらに、排泄《はいせつ》物は良い香りに感じ、水道水は臭くてシャワーを浴びるのが嫌になるほどだとか。まるでウイルスが舌と鼻に呪いをかけたかのようだ。

英国などではコロナ後遺症のうち、若者や女性に目立つ傾向が報告されている。日本でも厚生労働省の研究班が調査を始めたが、原因や実態がはっきりしないのがもどかしい。呼吸困難や脱毛などと比べ、これくらいならと我慢している人はいないか。

味やにおいは、生活の質を左右する。食欲が失せたりガス漏れに気づかなかったりすれば、命にもかかわってくる。平凡な舌でも、また食事がおいしく楽しめる。そんな魔法のような治療法はできないだろうか。

2021

3
月

卒業生に捧ぐ　3・1

鳴り物入りの入試改革のはずが政治の迷走で見送りに。今年の大学受験生は大変な思いをした。おまけにコロナにたたられたまま卒業へ。なぜ自分たちの学年だけこんな目に？　天を仰ぐ日もあっただろう。

〈教育は政治の言葉で曲げられる　帆のない船のような日本で〉。今年刊行された千葉聡《さとし》さん(52)の歌集『グラウンドを駆けるモーツァルト』にそんな1首があった。横浜市立桜丘高校の教諭でもある。「これほど我慢を強いられた学年はほかに知りません」

ご多忙の極みと知りつつ、全国の高校3年生に捧げる歌を新たに詠んでいただいた。〈ロッカーと壁のすきまに捨てられた「記述問題対策ノート」〉。生徒たちは新試験に導入される記述式問題の対策に追われたが、土壇場で立ち消えとなる。翻弄《ほんろう》された生徒の無念がにじむ。

昨春はコロナでいきなり休校に。再開されたのは6月。〈六人がけテーブルに二人ずつ座りカツ丼の日も学食静か〉。行事はどれも簡略化された。〈声出しは×《ばつ》、拍手は◯《まる》　バレーボール大会決勝戦大拍手〉。

2021・3月

生徒たちのために何ができるか、悩みは尽きなかったと話す。〈白マスクの上の静かな目を見れば、なんとかしなきゃ、しなきゃ、と思う〉。歌集に収められたこの1首が全国の先生方の思いを代弁していよう。

この春、高校を卒業するのは100万人。勉強に部活、友情や恋愛でも思うにまかせなかった学年である。忍耐の日々にふさわしい輝きの前途を。そう願わずにはいられない。

官僚たちの氷河期　3・2

「おれたちは国家に雇われている。大臣に雇われているわけじゃない」。城山三郎の代表作『官僚たちの夏』は高度成長期の旧通産官僚を描く。主人公の風越《かざごし》信吾は大臣が自室に来ても座ったまま迎え、堂々と論争した。

風越には実在のモデルがおり、当時から目立つ存在だったらしい。それでも程度の差こそあれ、強烈な自負と熱意をもつ「国士」のような官僚たちが力を発揮できた時代の空気を、小説はありありと伝える。

行政学の研究によれば、国士型に代わって「調整型」、さらには「吏員型」が増える。元財務官僚の田中秀明さんは著書『官僚たちの冬』で、そんな学説を踏まえ、いまはもはや「下請け型」だと嘆く。官邸から命じられ、強いられ、忖度《そんたく》し合う。

接待疑惑の渦中にあった内閣広報官が一転、辞職した。菅義偉首相の長男が勤める会社に、一夜で7万円もの和牛や海鮮料理をふるまわれた。「職務を続けていく中で自らを改善したい」。先週の国会でそう述べ、菅首相も擁護したばかりだった。

ご本人はもっと早く辞めたかったのではないか。内心を知るよしもないが、答弁に立つ足取りはひどく重たげに見えた。これは官界の新たな悲劇か。思えばこの数年、政治家の強弁に合わせ、省庁幹部が苦悩の表情で無理な答弁をする場面を幾度も見てきた。

本来、政界と官界は車の両輪たるべきだろう。いまは政と官の均衡が崩れ、官界に生気が感じられない。霞が関は冬を通り越し、氷河期に入ったように見える。

2021・3月

津波の記憶　3・3

10年前の6月、岩手県大船渡市三陸町の吉浜地区で、津波にえぐられた斜面から巨岩が現れた。住民がバケツで洗うと「津波」の文字が。続けて「記」と「念」も。1933（昭和8）年春の三陸大津波で河口から打ち上げられ、「津波記念石」と彫られた石だった。重さ32トン。「長く土中で忘れ去られていたのに、また姿を見せた。奇跡の石です」。地元公民館長の新沼秀人さん（68）は話す。掘り出して台座に載せた。

昭和の津波の後、住民は職住分離に努めた。家々を高台へ移し、海の近くは田畑に。そのかいあって今回の津波では、残念ながら1人が行方不明となったものの、家屋被害も少なく、地区は「奇跡の集落」と呼ばれた。

これまで幾度も津波に襲われた漁村である。新沼さんと湾口をめぐった。1896（明治29）年の犠牲者を悼む碑に「嗚呼惨哉海嘯《かいしょう》」と刻まれている。ああなんと津波のむごいことか。赤く彩られた死者名の一つを指して「私の曽祖父です」と新沼さん。

津波被災地の高台移転について、寺田寅彦に辛口の随想がある。「五年たち、十年たち、十五年二十年とたつ間には、やはりいつともなく低い処を求めて人口は移って行く」（『津浪《つなみ》と人間』）。せっかくの災害記念碑もついには「山蔭《やまかげ》の竹藪《たけやぶ》の中」に埋もれてしまうと予言した。

たしかに人間は忘れやすい生き物である。それでも子や孫、ひ孫、その先の世代まで伝えたい教訓はまちがいなくある。地区を守り抜いた人々の熱意の総量を思った。

奇跡の木　3・4

東京・上野の国立科学博物館の一角で、長身の木が2本、寒空に枝を伸ばす。メタセコイアだ。「生きている化石」とも呼ばれ、命名からちょうど80年の節目を迎える。

名付けたのは、京都帝国大学の三木茂博士。大量の植物の化石を分析し、それまで常緑のセコイアなどと思われてきたものの中に、未知の落葉樹を発見した。セコイアに「後の（メタ）」というギリシャ語をつけた学名で発表した。太平洋戦争へ突き進んだ1941年のことだった。

科学博物館で開催中の企画展をのぞくと、博士愛用のリュックサックがあった。岐阜や和歌山など各地で化石が入った泥を採集しては背負った。「闇米を運んでいるのではと警察から呼び止められたこともあったそうです」と矢部淳《あつし》研究主幹（50）は話す。

当時の学界では、絶滅した植物と信じられていた。ところが三木博士の論文発表から5年後、中国の奥地で生きているメタセコイアが確認された。現地の呼び名は「水杉」。米国の専門家が種を譲り受けて日本に100本の苗木を贈った。戦中戦後の混乱期にも続いた日中米の研究者の助け合いが実を結んだ。

2021・3月

筆者が通った愛知県内の高校にもメタセコイアがあった。4階建て校舎をしのぐ背丈。入学した日には輝く緑の葉に心が弾み、秋には目を射る褐色の葉に威厳を感じた。

科学博物館のメタセコイアは葉を落とし、まだまだ冬の装い。この物静かな哲学者のような木も、中国奥地で「再発見」された1本の子孫かと思いをはせた。

篠田桃紅さん逝く　3・5

白状すれば、小学生のころ書道が何より苦手だった。墨をするのは楽しかったが、トメもハネも決まらない。先生のお手本をなぞる練習が壁のように思われ、前へ進めなくなった。

そんな壁を壁とも感じず、篠田桃紅《とうこう》さんはひょいと飛び越えたようである。「川」や「三」を書くとき、棒を5本引いたり、斜線を足したくなったりする性分。「犬が柱につながれて綱の長さの範囲しか動けない。それが書というもの。私は横の線をサーッと無数に書きたい。長く永遠に尽きない線を引きたい」と本紙に語っている。

戦前は漢詩や和歌を書きつつ文字のかたちを追究した。その後は線の強さや美しさを求めて作品がどんどん抽象化していく。書でもなく水墨画でもない独自の「墨象《ぼくしょう》」世界を切りひらいた。

作品は内外の名だたる美術館に収蔵された。

きのう訃報《ふほう》に接した。107歳。著作に収められた書を見直せば、ひらがなはどれも野草の茎のよう、漢字は亀甲文字のたたずまい。絵も絵で、黒と白だけなのにまるで極彩色の迫力を帯びる。濃い墨、薄い墨、太い線、細い線でここまで表現できるのかと改めて驚く。

エネルギッシュな書画とは対照的に、随筆には独特の丸みがある。「人生は二河白道《にがびゃくどう》。氷の河、火の河の間にある白い細い道を探して、よろよろとやっています」「描いても描いても、まだなんの表現もできていません」と。

墨、筆、紙に導かれた人生だった。壁にひるまず、枠にこだわらない。字も絵もそして生き方も。

＊3月1日死去、107歳

群青の町で　3・6

「群青《ぐんじょう》」という歌をご存じだろうか。数年前から卒業の季節に各地で歌われてきた。津波と原発事故で散り散りになった福島県南相馬市の小高《おだか》中学校で生まれた合唱曲だ。生徒たちの何げない会話から歌詞を紡いだ。

〈「またね」と手を振るけど明日も会えるのかな　遠ざかる君の笑顔今でも忘れない〉。この曲が全国へ広まったことを住民は誇らしく感じている。富田秀雄さん(69)もそのひとりだ。

長らく北海道で避難生活を余儀なくされた。避難指示が解かれると、道内で会社勤めをしていた長男雄介さん(45)を呼び寄せ、農園を開く。収穫した米に昨年、「群青米」という名を付けた。小高中を訪ね、校長先生から許可を得たそうだ。

原発事故で小高の住民は3分の1に。作り手の戻らぬ田や畑は荒れるばかりだ。「米は全量検査され、数値は安全。それでもなかなか安心してもらえない。安全と安心の間の距離を思い知りました」と雄介さんは話す。

「小高のおいしい米や野菜を再び世の中に出したい。群青米はその第一歩です」と秀雄さん。取材を終え、海へ向かう。一帯を復興工事のクレーン車やトラックがせわしなく行き交う。十年一昔とは言うものの、被災の跡は隠しようもない。

〈鮮やかな記憶が　目を閉じれば　群青に染まる〉。海面に目を凝らせば、沖は群青色そのもの。空を舞う鳥の白、貨物船の黒との対比が鮮やかだ。人々が再び群青の海を心穏やかに眺められるよう祈った。〈また会おう　群青の町で〉と。

翼賛選挙と香港　3・7

太平洋戦争の最中も、総選挙は行われた。ただし国策に沿う人物を「推薦候補」とし、当選を期すやり方で。１９４２年の「翼賛選挙」である。推薦の選考にあたって、警察が現職議員を甲乙丙の３段階で格付けした資料が残っている。

その基準を見ると、一番上の甲は「時局ニ即応シ」率先して国策遂行のため指導力を発揮する者。乙は、積極的な活動はしないが国策を支持する者。丙は「常ニ反国策的・反政府的言動」をなす者だ。

推薦をしたのは事実上の官製団体で、それに警察も関わっていたことが分かる（『資料日本現代史４』）。嫌な歴史を思い起こしたのは、中国の全国人民代表大会の報道に接したからだ。香港の政治に参加できるのは「愛国者」のみとするよう、選挙制度を変えるという。

愛国者とは中国共産党の指導に従う者という意味のようで、審査で非愛国者とされれば立候補が難しくなりそうだ。今でも不十分な選挙制度が形だけのものになってしまう。

盤石に見える習近平《シーチンピン》指導部だが本当にそうか。バイデン大統領になっても米国との対立は続く。

2021・3月

経済成長は鈍化しており、高齢化も忍び寄る。香港を力で従わせようとするのは、余裕のなさの裏返しかもしれない。しかしそれは金融センターとしての地盤の沈下という代償を伴う。

日本の翼賛選挙では推薦されなかった人たちも立候補はできた。選挙で妨害を受けながらも2割弱の議席を得た。暗い時代の日本にも、この程度のわずかな自由はあったのだが。

霞が関の過重労働　3・8

霞が関の官庁に勤める女性の話である。妊娠中に産婦人科医から、仕事はいつもの7割くらいに抑えるよう言われた。「人の1・5倍以上働いている私の7割というのはどこを指すのだろう」。そう思いながら、午後9時、10時ごろまで仕事をしていた。

従来は深夜まで働いていたから「楽だなあ」という感覚だったらしい。しかしある日突然、切迫早産で入院する。厚生労働省の元職員、千正康裕《せんしょう》さんが著書『ブラック霞が関』で紹介している過重労働の一例である。

千正さんによると、働き方改革で官庁は民間に大きく後れを取っている。部署が多忙なら「公務員1人当たりの労働時間を際限なく増やす」のが霞が関の流儀だという。そんな一端がまた明らかになった。

コロナ対策を担う内閣官房の部署で今年1月の平均残業時間が122時間にのぼり、最長の人は378時間に達したという。一体いつ寝ているのかという数字だが、おそらく氷山の一角だ。若い官僚たちの離職が増えていることも問題になっている。

官僚の過重労働の大きな理由が国会への対応にあることは誰もが指摘する。政治主導の名の下、役人でなく閣僚が答弁するようになったのはいいことだ。しかし代わりに手取り足取りの準備を強いているなら、本当の政治主導と言えるだろうか。

目の前の課題にどんな手が打てるのか、政策の選択肢を用意するのが官僚の重要な役目だ。いい仕事は忖度《そんたく》がはびこる現場からも、疲弊した現場からも生まれてはこない。

2021・3月

電線の鳥　3・9

散歩のみちで、鳥のさえずりが耳に入る季節になってきた。木々を見上げると、出会うのはシジュウカラだったり、メジロだったり。鳥たちの訪問を受けている木のほうも何だかうれしそうだ。

止まり木を提供するという役割は、はりめぐらされた電線も負けてはいない。鳥たちは静かに休んでいるようでいて、電線を好むのには色々と理由があるようだ。鳥類学者の三上修さんが著した『電柱鳥類学』で学んだ。

電線の特徴は何と言っても見晴らしの良さである。それゆえスズメやハクセキレイは、安全の確認に使っているらしい。巣にエサを運ぶ前に10メートルほど離れた電線に止まり、巣の周囲の様子をうかがっているという。

電線でさえずるシジュウカラは声を遠くまで届け、自分の姿を異性に見せるのが狙いという。電線のほのかな熱で、鳥たちが足を暖めているのではないかという「頭寒足熱仮説」も唱えるが、確証は持てないそうだ。三上さんが発案したばかりの電柱鳥類学は、これからが楽しみだ。

鳥類は絶滅した恐竜の末裔《まつえい》とも言われる。そこまでさかのぼらずとも、長い鳥たちの歴史のなかで、電柱や電線が現れたのはこの150年ほどにすぎない。それでも足を止め、巣作りの場にするなど、人間に負けず使いこなしている。

世には「電線バードウォッチング」なる言葉もあるらしい。電線を地中に埋める無電柱化は、旗振れどなかなか進まずである。大空の線にちょこんと立つ鳥たちの姿をまだしばらくは拝めそうだ。

ルールの形骸化　3・10

米国の政治の中心ワシントンには、業界の利益を代表して政治家に働きかけるロビイストがたくさんいる。彼らが議員を接待するのは問題だとして、着席しての食事は禁止するという規則が導入されたことがある。

ただし懇親の場で立ったまま食べられるものは許されており、「つまようじ規則」と呼ばれた。オードブルなどを想定していたが、新鮮な生ガキをたっぷりとごちそうするロビイストもいたという（アリエリー著『予想どおりに不合理』）。

ルールは油断すれば形だけのものになる。日本では官僚が利害関係のある事業者と会食する際には「割り勘に限る」「割り勘でも1万円超なら届け出を」という倫理規程がある。ないがしろにされている様子が明らかになった。

NTT幹部らと食事を共にしたが「応分の負担をした」。総務省の官僚ナンバー2、谷脇康彦氏が国会で語った内容が虚偽だったことが分かり、更迭された。応分とはほど遠い負担だったり、そもそも一切負担していなかったり。

3度のうち2度は、官房長官だった菅義偉氏が携帯電話料金引き下げを促す発言をした直後に行われた。政権の真意を聞きだそうとしたのか。値下げせずにすむようにというロビー活動ではなかったか。来週国会に呼ばれるＮＴＴ社長には不透明さを残すことなく語ってほしい。「ただ酒を飲むな」。かつて京都大学の総長が卒業生に贈った言葉である。公務員の倫理規程も、全く同じ精神にのっとっているはずなのだが。

何か黒いもの　3・11

東日本大震災の映像を見ていて津波が津波だとわかるのは、上からカメラを回しているからだ。その瞬間に車で走っていて前方に見えたのは、何だかわからない黒いものだったという。それが「モジャモジャと動いていた」と宮城県山元町の男性の手記にある。

そのまま進むと黒いものもこちらへ向かってくる。途中で「津波だ」と気づき、引き返した。しかし海へと向かう対向車はまだいて、危険を知らせるためクラクションを鳴らし、パッシングをした。

金菱清《かねびし》編『3・11慟哭《どうこく》の記録』に被災した71人が文を寄せている。祖母の手を引いて逃げようとした女性は津波にのまれ、その手を離してしまった。自分が助かった後も自責の念にさいなまれ、食べ物がのどを通らなかった。

綴《つづ》られるのは「拾った命」の記録である。そしてその裏には多くの拾えなかった命がある。〈死ぬ側に選ばれざりし身は立ちてボトルの水を喉《のど》に流し込む〉。仙台市の歌人佐藤通雅《みちまさ》さんが震災直後に詠んだ一首だ。

佐藤さんは雑誌にこう書いた。無事で良かったと知人から言われるが「たまたま生き残る側におかれたにすぎないのに、個人の生存を祝われるのは、ひどく場ちがいな気がする」。被災地で多くの人が感じたことかもしれない。

たとえ震災の当事者でなくても、いまこの地震列島で命をつないでいるのは、おそらく何かの偶然にすぎない。「災後《さいご》」であるとともに「災間《さいかん》」であり「災前《さいぜん》」。大震災から何年になろうとも変わらない事実である。

2021・3月

不正入室　3・12

神は細部に宿りたまう。福島の事故以降の出来事で見過ごせないものに、原発記念グッズの販売がある。２０１８年、東京電力が福島第一原発構内の写真をあしらったクリアファイルを作り、原発内のコンビニで売った。

視察に来た人や廃炉に携わる人に向けた商品だった。それにしても加害企業が原発建屋の姿を記念品にするとは。批判が寄せられ、すぐに販売中止になったと報じられる。企業体質が心配になる話は昨日の朝刊社会面の隅にもあった。

新潟の柏崎刈羽原発で社員が他人のＩＤカードを使って不正に中央制御室に入った問題で、報告書がまとまった。警備員たちは不審に思ったにもかかわらず、制止しなかった。「厳格な警備業務を行い難い風土」が一因というから理解に苦しむ。

航空機によるテロへの備えすら求められるのが原発というものだ。その頭脳部分で露呈した警備の甘さ。東電は再稼働を求めるが、彼らに原発を担う資格があるのか。事故から10年の寒々とした風景だ。

福島県南相馬市の詩人若松丈太郎さんは詩や文章で、原発を「核発電」、原発事故を「核災」と記すようになった。原発は核爆弾と兄弟だと意識するためという。果たして人間が扱える技術なのか。言葉が訴えてくる。

福島の廃炉作業は遅れが目立ち、30〜40年で完了という数字が空しく響く。重苦しくなる数字もあり、放射性廃棄物は10万年の隔離が必要だという。問われているのは原発をどう続けるかではなく、どうたたむかである。

カセットの感触　3・13

映画「世界の中心で、愛をさけぶ」では、カセットテープがだいじな役割を演じている。小さなまちにすむ高校生のアキとサクは、交換日記のようにテープでお互いの声をやりとりし始める。じかに話すよりも正直に気持ちが言えるからと。

「自己紹介してみようと思います。好きなものは、調理実習、夏の麦茶、白のワンピース……」とアキ。サクは「プールの授業、冬のクワガタムシ……」。舞台は1980年代。同じようにカセットを手紙代わりに使った方もいるのではないか。

好きな人への告白。家族への誕生日メッセージ。当方も海外留学中の友人に、とりとめのない話を吹き込んで送ったことがある。声でも音楽でも手作りの感じがしたのは、録音ボタンをぎゅっと押す感触のせいか。

そんなふうに思いを巡らせたのは、ある訃報《ふほう》に触れたからだ。60年代にカセットテープを開発したオランダの技術者が亡くなった。フィリップス社で製品開発部長だったルー・オッテンスさん。94歳。

それまでのテープは扱いにくく高価だった。米公共ラジオによると、オッテンスさんはポケットに収まる薄い木片をもとに、あるべき未来のテープを考えたという。簡単に持ち運べるメディア。その着想は遠くスマホにもつながっているのかもしれない。

インターネットでたくさんの音楽が聴ける今も、前世紀の遺物にはなっていない。カセットで新譜を出す動きが国内外にあるという。たしかな手触りを求める気持ちは、わかる気がする。

＊3月6日死去、94歳

老兵の引退　3・14

JR貨物のダイヤ改定でおととい、あるディーゼル機関車が引退した。国鉄時代から60年近く活躍した老兵「DD51形」。蒸気機関車に代わって主役となり、電気機関車が台頭すると脇役に回った。

特筆すべきは大震災の直後に果たした大役だろう。鉄路や道路が寸断されて物流の止まった東北に、ガソリンや軽油を緊急輸送した。走ったのは新潟県から福島県へ向かう磐越西線《ばんえつさい》。非電化区間があるため走れない電気機関車に代わって、北海道や九州の路線で使われていたＤＤ51たちが動員された。

福島県内の区間は郡山を拠点とする社員４人が運転した。最年長の渡辺勝義さん(69)はディーゼル一筋のベテラン。被災した若手に代わって急きょ選ばれ、「59歳の自分が」と驚いたという。

十何年ぶりだったが、勘はすぐに戻った。それでも運転初日、いきなり上り坂で車輪が空転し、走行困難に陥る。何とか制御して終着駅に近づくと、「ありがとう」の文字が視界に。見知らぬ住民が段ボール紙に手書きし、線路脇で掲げていた。

その後の乗務では、エンジンの１基が白煙を噴いたことも。磐梯山のふもとを縫って走る磐越西線は、急勾配と急カーブ続き。老朽車体ゆえ点検や修理も大変だった。「輸送の仕事の使命を学んだ。忘れられない経験になりました」

被災地を３週間駆け抜けたＤＤ51は、たとえるなら引退間際に大輪の一花を咲かせた高齢社員の輝きか。山も谷もあった長年のお勤めに「お疲れさま」の一言を贈りたい。

名宰相の条件　3・16

菅義偉首相の朝は早い。本紙の「首相動静」をさかのぼると官邸入りした時間帯は6時台がざっと6割、7時台が2割。5時56分という日もあった。官邸に着くとスーツのまま敷地内を散歩。7時台に打ち合わせが始まる。

念のため過去40年の首相たちと比べたが、菅さんの早起き鳥ぶりは群を抜く。いったいいつ眠っているのだろう。官邸担当の同僚によると、昼食も手早い。5分か10分でサササッと済ませて執務に戻るそうだ。

そんな菅さんが首相の座に就いて6カ月。とびきり勤勉な人なのだろうが、気になるのは言葉の足りなさの方だ。国会や会見で質問に答える際、ときに心底つらそうに見える。表情は乏しく、語りに力が感じられない。むずかしい局面にあるわが国のかじ取り役として不安を覚えてしまう。

「首相の成功の主要な条件は、夜の熟眠と歴史のセンスである」。冷戦下の英国を率いた元首相ウィルソンは名宰相の条件をこう述べた（内田満著『政治の品位』）。疲れをため込まず明朗に語れ、歴史的な洞察も深めよと。

この半年間、菅さんの語りには「そこは」が頻出した。「そこは極めて重い」「そこは適切に対応します」「そこは検証する必要がある」。この話法はいかにも射程が短い。単なる口癖ではなく、長期的な視座を欠くことの象徴ではないか。

コツコツと目の前の課題を片付けていく。「実務型首相」と呼ばれるゆえんだ。それでも、ときには大局的かつ明朗にご自身の哲学を語っていただきたい。

「士農工商」のいま　3・17

先月、この欄で幕末の種痘を取り上げた際、「士農工商の身分を問わず」と書いた。小学校の元先生ら読者の方々から「士農工商の理解が古いのでは」とご指摘をいただいた。

近世身分制に詳しい和田幸司・姫路大教授(56)に尋ねた。「士農工商をピラミッド型の堅固な序列と思い込む傾向は、昭和の教科書で学んだ世代に見られます」。武士に支配された「農工商」は代々不変の身分ではなく、職業的な区分けに近かったという。

村に住めば百姓、町に住めば職人や商人と呼ばれ、上下意識は薄かった。昭和の教科書に見られた「武士への不満を抑えるため身分間で反目させた」との記述も消えた。

和田さんは小学校で23年間教えた経歴を持つ。初めて小6を担任した平成の初め、授業ではピラミッド型の士農工商を示し、その図の外に差別された人々もいたと教えた。「差別の構造は複雑であり、気をつけないと教師は自分が教わった通りに教えてしまうと痛感しました」。そんな反省から歴史研究と教育現場の接点を志したという。

改めて新旧の教科書を読み比べる。最古の銭貨は和同開珎ではなく「富本銭《ふほんせん》」に。足利尊氏と教わった騎馬武者の絵は、論拠が弱まり、手元の教科書には掲載がない。「イイクニ」と暗記した鎌倉幕府の成立時期も1192年より早かったとみる記述が増えていた。

研究がこれほど進み、わが「定説」が覆っていたとは。目配り不足をつくづく反省した。学び直しの機会を得られたことに感謝したい。

タンポポの勢力図　3・18

めくってもめくってもページが黄色のタンポポで埋め尽くされている。台紙に25輪ずつ貼られた花は計8664輪。大阪市のビルの一室に過去2年分のタンポポが保管されている。

セイヨウタンポポなど外来種と、カンサイタンポポなど在来種の「勢力図」を作るためだ。半世紀前、「自然破壊が進むと外来種が増える」と考えた学生たちが調査を始めた。5年おきに市民から花を摘んで送ってもらい、地図に採取地点を記した。

高校で生物を教える木村進さん(67)は大学生以来ずっと調査の牽引役《けんいん》。「造成地に強い外来種は駐車場や道路脇に、在来種はあぜ道や雑木林に生えます」。見分け方は簡単で、外来種は花の下の緑色の部分が「ひげ」のように反り返っている。

調査は西日本の府県に広がる。驚くことに、大阪府では外来種が2005年をピークに減り始めた。「在来種の盛り返しは、バブルが去り、都市部にも里山的な環境が戻った証拠でしょう」。

近年は「雑種」も増えており、一輪一輪の花粉を顕微鏡で分類する。

「我邦全土ニ普《あま》ネキニ至《いた》ラン」。植物学者の牧野富太郎は明治後期、セイヨウタンポポが日本中に広がると予言した。的中はしたが、さすがの牧野博士も、子どもからお年寄りまでこれほど大勢が調査を楽しむ時代がくるとは予想しなかっただろう。

つい先日、アスファルトの間に1輪を見つけた。教わった通り花の裏をのぞくと、立派な「ひげ」が。外来種らしい。まぶしい黄色が春の訪れを告げていた。

夜道の般若たち　3・19

先夜、東京都練馬区内でタクシーに乗ったときのこと。道路脇からピカッ、ピカッと光る顔が目に飛び込む。鋭い目と釣り上がった口が、能面の「般若」のよう。電柱に貼られた黄色い反射テープだった。

古い記事を手がかりに、貼った当人を訪ねた。埼玉県所沢市に住む元警察官の関口茂さん(81)。「25年も前。もうはがれ落ちているかなと思っていました」。当時勤めていた警視庁練馬署の管内では、年に1千件を超す事故が起きていた。

大通りより裏通りの対策が急務で、関口さんに託された。ただ予算はゼロ。都交通局やトラック協会に頼み込んでテープを分けてもらう。ハサミで目、鼻、口を切り出しては電柱に貼った。車のライトの反射で運転手をドキッとさせ、注意や減速を促す作戦だ。

学生の悪ふざけや犬のエチケットの警告と勘違いされたこともあるが、勤務の合間を縫って貼り歩く。テープの角度で顔の険しさに濃淡をつけた。記事がきっかけで長野や静岡、福岡などでも同じ作戦を試みる動きが続いた。

戦後交通史をふりかえれば、最悪だったのは私が小学生だったころ。「交通戦争」ただ中の半世紀前は、年に1万6千人が亡くなったが、いまはその2割に。飲酒運転の厳罰化なども進んだが、現場のお巡りさんたちの努力も寄与しただろう。

改めて夜の練馬区を走る。あるわ、あるわ。「泣き顔」があれば「笑い顔」「怒った顔」も。不眠不休で輪禍を防いでくれた般若たちに小声でお礼の言葉をつぶやいた。

2021・3月

心の声　3・20

「すぐパンを買ってこい」と命じるジャイアンとスネ夫。のび太は逆らえない。見かねたドラえもんが与えたのは「階級ワッペン」。自分より下の階級章を相手の背に貼りつければ、だれもが命令に従いだす。

スネ夫には一等兵、ジャイアンは二等兵。大将ワッペンをわが胸に貼ったのび太が高らかに命じる。「回れ右」「駆け足で町内50周」。武田良太総務相のひと声は、ひょっとして階級ワッペンを背負った総務省幹部たちへの指令だったか。

「記憶がないと言え」。国会で答弁席へ向かう電波部長に命じる何者かの声が中継映像に残っていた。追及された武田氏がきのう、「記憶がない」の部分は自分の声だと認めた。「無意識で出た」と。野党には声紋鑑定を求める案もあったと聞く。

問題の声を聞き直してみる。ドスのきいた早口の低音。部下が矢継ぎ早の質問にぐらつくのを警戒したか。大臣じきじきの念押しが飛ぶ中、電波部長は改めて「記憶はございません」。痛ましくも忠実な官僚答弁だった。

「声を上げない人の声を聞く」。声の大きい人の話ばかり聞いてはいけない」。武田氏は3年前、雑誌で政治家の心構えを熱く語っている。お説にはうなずくが、大臣が部下に大きな声で命じてよいことと悪いことがあるだろう。

ドラえもんには「心の声スピーカー」という便利な道具もある。聴診器のように当てれば、本心がたちまち流れだす。「記憶にない」答弁の連鎖に陥った総務省幹部の胸に一人ずつ当てて回りたい。

千三つ　3・21

ビジネスの世界で「千三つ《せんみ》」と言えば、成功の確率が低いことの例えである。千の新製品が出ても、長く残るのはせいぜい三つくらい、などとよく言われる。千社の起業があっても株式公開までこぎつけるのは、やはり三つくらいとも。

アイデアはたくさんあれど、玉石混交の「玉」はわずかで「石」がごろごろ。それは独創性が求められる多くの場面で言えるのではないか。話は東京五輪・パラリンピック開閉会式の演出を統括していた佐々木宏氏のことだ。

CMの世界では数々のヒット作を生んだ方らしいが、開会式のアイデアは石も石、眉をひそめたくなるような内容だった。昨年3月、女性タレントを豚に見立てる演出を提案した。オリンピック」と「ピッグ」をかけたらしい。

まったく笑えないし、ひとの容姿をからかうような発想は下品というほかない。もっともこの案は、チーム内で示されるとすぐにメンバーたちから批判され、つぶれている。きちんとチェック機能が働いたとも言えるのではないか。

その点では、五輪組織委員会の会長だった森喜朗氏の場合とは違う。公式の場での森氏の女性蔑視発言に対して、その場で誰も止めなかったばかりか、笑いまで起きたという。「五十歩百歩」の言葉があるが、五十歩と百歩の違いを冷静に見なければいけないときもある。

内部で自由にアイデアを出し合うブレーンストーミングの場では、ときにどうしようもない石も出る。佐々木氏の件もそれに近かったのだろうか。

卒業と温室　3・22

季節の変化を示す七十二候を暦で眺めると、3月は「始《はじめて》」の文字が目立つ。「桃始笑《ももはじめてさく》」はすでに過ぎ、満開の桃の花に出合う今日このごろである。数日後に「桜始開《さくらはじめてひらく》」が控えるが、今年はもう咲き始めたという地域も多かろう。

いまは「雀始巣《すずめはじめてすくう》」で、子育てのために巣作りが始まる。雀よりやや早く、人の世は巣立ちの季節を迎えている。高校や大学などを卒業し、社会へ。フランス文学者の渡辺一夫は、大学で教える自分のことを「温室の監理人」と呼んだ。

学校生活は「まさに温室であり、学窓を離れる学生たちは、この温室で育った苗木のようなものかもしれません」と随筆に書いた。卒業にあたり、外の厳しい寒気にさらされる苗木を心配しながら励ます。そんな言葉が並んでいる。

「上役も大切ですが、同僚や後輩を、それ以上に大切になさい！」「たよれるのは自分一人だが、その自分が一番恐ろしい敵にもなる！」。あるいは「なんでもよいから無事に齢をとってください！」とも。

温室というと頼りなげだが、戦時色が大学に及んだ時代を知る渡辺の言葉だと思うと、味わいがある。戦争とは比べるべくもないが、コロナ禍も温室を傷つけた。「師の謦咳《けいがい》に接する」の謦咳は、せきばらいだけでなく笑ったり語ったりの意味もある。オンラインでも豊かな学びがあったと信じたい。

学生の日々は、好きなものを好きと素直に言える時間でもある。心に小さな温室を置き続ければ、寒気のなかでもきっと自分の支えになる。

♪家の中では 3・23

〈♪家《うち》の中では　トドみたいでさ　ゴロゴロしてて　あくびして……〉。忌野清志郎が歌う「パパの歌」である。父親のさえない描写から始まるが〈だけどよ〉でテンポが上がる。〈昼間のパパは　ちょっとちがう　昼間のパパは　光ってる　昼間のパパは　いい汗かいてる〉。1990年に建設会社のCMで流れた。男の仕事にだけ焦点をあてる点は時代を感じるが、当時は注目されヒットした。親の働く姿が子どもの目に触れないことの裏返しでもあったのだろう。

今は在宅勤務が広がり、働くパパもママも子どもの視界に入ってきた。影響は小学生への「大人になったらなりたいもの調査」にも表れているようだ。男子の1位が前年のサッカー選手から会社員にかわった。2位のユーチューバーをわずかに上回る。

「在宅で仕事する親を見て身近に感じたのでは」とは調査した第一生命保険の見立てだ。過去にサラリーマンが10位内に入ったことがあるが、このところはご無沙汰だった。今回は女子も4位が会社員だ。

職場と住まいの分離は近代社会の特徴である。ゲートリー著『通勤の社会史』によると、19世紀の英国では時折コレラがはやるようなロンドンの不衛生さが問題になった。郊外に住みたいとの欲求が高まり、蒸気機関車という新技術がそれを可能にした。

コロナを避ける在宅勤務も、高速インターネットが支える。職住の再接近は大げさに言えば歴史的な転換なのだろう。緊急事態宣言下でなくても大事にしたい。

ビキニ事件　3・24

マグロに、核への怒りを託した詩がある。〈地球の上はみんな鮪《まぐろ》なのだ／鮪は原爆を憎み／水爆にはまた脅《おび》やかされて／腹立ちまぎれに現代を生きているのだ〉。詩人山之口貘《ばく》に「鮪に鰯《いわし》」

を書かせたのが、1954年のビキニ事件である。

静岡県のマグロ漁船「第五福竜丸」が、はるか太平洋のビキニ環礁で米国の水爆実験に巻き込まれて、死の灰を浴びた。広島、長崎の被爆から9年。冷戦下の核の恐怖が日本を襲った。実験の影響は他の船にも及び、全国でマグロを避ける騒ぎになった。

半年後には第五福竜丸の無線長が亡くなる。仲間の乗組員たちも早世するなか、核の脅威を訴えてきたのが大石又七さんだった。享年87歳の訃報《ふほう》が届いた。

大石さんが書いた『死の灰を背負って』に、その瞬間の描写がある。水平線に不気味な光が見えたかと思うと轟音《ごうおん》が響いた。やがて降ってきた白い粉は、目や耳、鼻に容赦なく入り込む。3日ほどで乗組員たちの顔が黒ずみ、髪の毛が抜け始めた。

差別や、見舞金へのやっかみを避けるように、大石さんは東京に出た。長い沈黙の後、中学生に求められたのをきっかけに人前で話し始める。「被爆に対する怒りや仲間を失った悔しさを、俺はとても我慢できない」。若者に体験を語り、核廃絶を求め続けた。

核の脅威はどこか空気のようで、ともすれば忘れてしまう。しかし核兵器が存在し続ける以上、死の灰をかぶった乗組員やマグロたちと、私たちの間にどれほどの違いがあるだろう。

＊3月7日死去、87歳

一糸乱れぬ……　3・25

絶対あってはいけない言い間違いだが、やってしまった。そんな実例が、落語家立川談四楼《たてかわだんしろう》さんの著書『もっと声に出して笑える日本語』に出てくる。某社で社員を集めた決起集会があり、営業本部長が演説した。

不況だが力を合わせようと声を張り上げ「みんな、一糸まとわぬ団結心で頑張ろう」。その後に登壇した社長がまたやった。諸君、もう後戻りはできないぞと言いつつ「すでに匙《さじ》は投げられたのだ」。会社は大丈夫かとみな思ったに違いない。

おとといの話であきれたのは、自民党の二階俊博幹事長の「他山の石」発言である。衆院議員河井克行被告が裁判で買収行為を問われたことについて「党としても、こうしたことを他山の石として対応しなくてはならない」と言った。

買収の舞台となった一昨年の参院選で、2人目の公認候補に河井案里氏を擁立したのは自民党本部。その案里氏側に計1億5千万円を提供したのも党本部である。党の後ろ盾なかりせば、あれだけの買収ができたのかどうか。恥ずべきは「自分の山」そのものだろう。

二階氏には最近、乱暴な言葉が目立つ。首相を含む多人数の会食が問題になると「会食を目的に会っているんじゃない」と反論した。食事だけが目的の会はあまりないと思うが。テレビ番組に出て、コロナ対策を問われると「いちいちケチをつけるものじゃない」。

そんな幹事長が長く権勢を保てるのは、一糸乱れぬ団結が自民党にあるからか。見ているこちらが匙を投げたくなる。

ワクチンとテディベア　3・26

新型コロナウイルスのワクチンの源流をたどると、テディベアがある。おかしなことを言うようだが、それが開発に貢献したカタリン・カリコ博士の物語だ。東欧ハンガリーの若手研究者だった1985年、「鉄のカーテン」を越え米国へ渡ることを決めた。

米CNNなどによると、車を売って手にしたお金をクマのぬいぐるみの中に隠し、夫と娘の3人で出国した。ウイルスそのものを使わずにワクチンを作るmRNA（メッセンジャーRNA）の研究を続けるために大学に籍を置いたが、道は険しかった。

従来型のワクチンはウイルスを鶏の卵で増やして作る。mRNAはウイルスの遺伝情報だけを使うので、短期間でワクチンができると考えられた。しかし、成功の可能性は低いと見る人は多く、助成金を申請しても却下され続けたという。

「普通なら、さよならと言って去るところだ」とカリコ博士は後に語ったが、その時は決して諦めなかった。やがて同僚の研究者とともに、有効な方法を開発する。それがファイザー社などのコロナワクチンの基礎になった。

コロナの感染拡大の当初、有効なワクチンは簡単にはできないと見る専門家は少なくなかったが、悲観論は覆された。接種の進むイスラエルや英国などでは効果が出ている。日本でも、来月にも高齢者への接種が始まる。

「『研究は君にとって娯楽だね』といつも夫から言われる」とカリコ博士は米メディアに語っている。情熱とアイデアが、医学を前に進めている。

楯として　3・27

〈純白のマスクを楯《たて》として会へり〉野見山ひふみ。コロナ前に詠まれたマスクは、人間関係の盾かもしれない。それでも今ほど白い盾の力がありがたく思える時はない。それをいったんしまわざるをえないのが会食の場である。

何か別の盾はないものか。そう思っていたら山梨県では、感染対策が取れている飲食店などに県がお墨付きを与える制度があるという。申請に応じて調査員が店に出向いてチェックする。その現場におじゃました。

30項目を上回る点検は具体的で「同居家族以外のグループは対角線に座り、1メートル以上の距離を取る」「正面に座るなら間に透明な仕切りを」などと始まった。「大皿料理は禁止」「ビールをつぎあうのもだめ」とも。全て基準を満たせば認証ステッカーが発行される。

この和食のお店にはカラオケ装置があり、今後は使わないとの誓約書も店主は求められた。さて自分が店主なら数々の約束を守り続けられるかと考え、自信がなくなる。だからときには抜き打ち検査のようなものもあると聞き、ううむと唸《うな》る。

甲府市の飲食店をのぞいて回ると、背より高いビニールカーテンで隣席と仕切る店や、テーブルに大きな×印のカードを置いて人数を制限する店が目立つ。東京のまちとはやや違う印象だ。

山梨の試みはまだ手探りに違いないが、実効性を持たせようという姿勢は感じる。ウイルスという矛は変異株となり感染力を増しそうだ。暮らしを大事にしつつ立ち向かうには、いくつもの盾がいる。

あくびはなぜ、うつる？　3・28

ああ、眠い。春はあけぼの、まどろみの朝。布団のなかから細く目をあけると、窓からのぞく青い空、ちぎれた雲が流れてく。ふああ。大きなあくびがひとつ、でた。

はてこのあくび、いったい何者なのかと考える。仰々しく『アリストテレス全集』を開けば、「何故《なぜ》、ひとが欠伸《あくび》をすると、殆《ほと》んどの場合、それにつられて他の人も欠伸をするのであろうか」。古代ギリシャの時代から人類を悩ませ続ける問いである。

医療創生大学で認知心理学を研究する大原貴弘教授(49)によると、あくびの原因が血液中の酸素不足というのは旧説。近年の研究であくびには脳の温度を下げ、覚醒を促す働きがあるとわかってきた。その伝染も実験で証明されている。人間の社会性や共感力に関係があるらしい。

他人のあくびを見るだけでなく、想像したり、文章を読んだりしただけでもあくびはうつる。大原さんの講義を受ける学生はさぞつらいのでは。そう尋ねると「授業中のあくびはカチンときますが、実は覚醒しようとがんばってくれているもの」。

退屈するとあくびはでやすい。でも、あくびをしている人が必ずしも退屈しているわけではない。傘寿をこえ、施設に暮らす私の父親のことが頭に浮かんだ。

最近は会うたびにあくびをくり返す。眠いのかな、退屈なのかなと思っていたが、息子を前に無意識に自分をしゃきっとさせようとしていたのかもしれない。次に会ったら伝染させてもらおうか。一緒にあくび、世界の共有。ふあふああ。

敦賀の港で　3・29

福井県敦賀市の港で真新しい「足跡」を見つけた。靴のマークが市街地へ続く。80年前、ここに着岸した船「天草丸」から下りたユダヤ難民たちが歩いたことをいまに伝える。

ウラジオストクと敦賀を結ぶ天草丸は大戦中のある時期、欧州での迫害から逃れた人たちを毎週のように運んだ。「天草丸は国なき民、さすらひの民を　白波を立て、進む」。船員だった故大迫《おおさこ》辰雄さんは私的なアルバムに船の写真を貼り、書き添えた。

大迫さんの職場の後輩だった北出明さん(77)は「『命のビザ』を発給した杉原千畝《ちうね》氏だけでなく、大迫さんたち多くの人が救出を支えました」。大迫さんの遺族からアルバムを託され、肖像写真の残る男女7人のその後を調べ歩いた。

うち5人の足取りがつかめた。写真の裏に「私を思い出してください。すてきな日本人へ」とつづった女性は、杉原ビザで敦賀に着き、米国に渡った。色あせた大迫さんの名刺を遺族から見せられ、北出さんは感じ入ったと話す。

港にある資料館を訪ねた。ここから世界各地へ逃れ、生き抜いた人々の謝意が様々な言語で展示されている。通過ビザのためこの地にとどまる余地はなかったものの、敦賀の人々は上陸した難民にリンゴを配り、銭湯を開放したという。

天草丸はロシア客船だったが、日露戦争で日本軍に拿捕《だほ》され、その後、難民たちを救った。大戦末期に米潜水艦に撃沈され、海のもくずに。それでも、この船がつないだ人道精神は敦賀の港に確かに残っていた。

美術展この1年　3・30

フランシス・ベーコンと聞いて浮かぶのは哲学者だったが、同名の英画家の展覧会がいま、神奈川県葉山町の県立近代美術館で開かれている。コロナがどんな影響を及ぼしたか休館中と再開後に取材した。

会期は1月9日から来月11日まで。ところが開幕の直前、首都圏に緊急事態宣言が出され、県の方針により3日間で休館に。「開ける準備をしながら同時に閉める準備も。仕事が倍になりました」と学芸員の鈴木敬子さんは話す。

ベーコンは来年が没後30年。顔や体を極限までゆがめて描く。競売ではピカソやムンクと並ぶ値がつき、20世紀の巨匠とも呼ばれる。初期の油彩、習作や下絵をまとめて鑑賞できる展示のはずだった。

主任学芸員の高嶋雄一郎さんは「休館が長く何とももどかしかった」。東京では開けているのに神奈川はなぜ一律休館か、という不満も聞こえてきた。「それも本物を見たいという渇望の裏返し。作品を守り、後世に託すという美術館員の使命を自覚した1年でした」と話す。

再開を待って訪れたのは先週。同じ配置、同じ作品群なのに、観客不在の時とは空気がまるで違う。どこか寂しげに見えた絵が、周囲に見る人々がいることで一転、熱を放つ。いあわせた見学者の視線や足取りから受ける影響の大きさを実感する。

世評にたがわず、ベーコンの作品はちょっと不気味で不思議。その実物に、ほかの愛好家と並んで対峙《たいじ》する喜びはやはり何ものにも代えがたい。鑑賞という営みの原点に立ち返った。

黄砂どこから　3・31

ときに渦を巻き、ときに身をくねらせる黄土色の大蛇が日本列島に挑みかかる。気象衛星ひまわりがとらえた「黄砂監視」映像は驚きの迫力である。中国上空から朝鮮半島をかすめて黄砂が日本を襲う。

この春、北東アジア一円で黄砂の被害が相次ぐ。北京駐在の同僚に聞くと過去10年で最も深刻という。高層ビルは黄色くかすみ、視界不良によるノロノロ運転で渋滞が起きる。人々はスマホでまめに「浮土《フートゥー》」（砂ぼこり）予報を確かめる。

韓国ではほぼ全土に黄砂警報が出された。「中国で発生」「大気の質が大きく低下」。そんな韓国メディアの報じ方に中国政府がかみつく。「中国は発生源でなく、途中駅に過ぎない」と報道官。「中国世論はモンゴルを『前の駅』だと非難はしない」。微妙な言い回しでモンゴル由来説に触れた。

モンゴル在住の本紙取材スタッフに尋ねると、今年の砂嵐は近年にないすさまじさだという。10人を超す死者が出て、家畜が吹き飛ばされ、停電も相次ぐ。ただ今春の砂は、中央アジアの国々から飛来したとの見方が有力という。

　こと黄砂に関しては、それぞれの国がそれぞれに被害者意識を持つらしい。東京で10年ぶりに黄砂が観測されたきのう、スカイツリーにのぼった。地上450メートルから西の方角に目を凝らす。空は鉛色に曇り、近くのビルがかすんで見えた。

〈黄沙《こうさ》ふる地球の微熱続きをり〉山口隆右《たかすけ》。黄砂とは、同じ北半球に暮らし、同じ偏西風を浴びる者の避けがたい宿命と言うべきか。

2021

4月

朝のバス停　4・1

和歌山市役所に勤める山崎浩敬《やまさきひろたか》さん(59)は毎朝7時台、同じ時刻のバスを待つ。目の見えない山崎さんにとって乗り降りは大変だが、そのバスなら小学生が乗り合わせ、手助けしてくれるからだ。

「バスが来ましたよ」。紀の川の河口に近い狐島《きつねじま》宮前バス停で、初めてそんな声をかけられたのは十数年前。白い杖を持つ自分に女の子が教えてくれた。腰のあたりを指でチョンとつつき、ドアまで導いてくれる。「座らせてあげて下さい」と席の確保まで。胸が温かくなった。

進行性の目の難病「網膜色素変性症」と診断され、視力は落ち視野も狭まる。バイク通勤だったが、自転車にも乗れなくなり、最後にバス通勤に切り替えた。その子が卒業すると、妹や後輩が誘導役を継いでくれた。

和歌山大付属小学校に通う女の子たち4人である。感謝の念を昨秋、作文につづった。全国信用組合中央協会のコンクールで大賞に選ばれたのがきっかけとなり、山崎さんはこの1月、小学校を訪問。初めて4人と一堂に会することができた。

2021・4月

受賞作を読んでみる。「小さな親切のリレーで、退職まで何とか頑張れそうです」とお礼の言葉が続く。取材を終え、バス停に立つ。車の量が多く、風も強い。山﨑さんにとって小さな手がどれほど心強かったことか。

きょうから新年度。初めての駅や初めてのバス停に立つ方もおられよう。コロナのせいで人と人が隔たり、言葉をかけにくい状況は続くけれど、だれもが孤立しない一年間であってほしい。

コロナと青空文庫　４・２

この欄を担当すると、文芸作品を大慌てで読み直すことがままある。あらすじを確かめ、主人公の言葉を探す。そんな時によく立ち寄る無料の文芸サイト「青空文庫」の利用が、コロナ下で急増していると聞いた。

「最初の緊急事態宣言が発出されたころ、一気に増えました」と運営チームの一員で翻訳家の大久保ゆうさん(38)は語る。日に10万前後だったアクセスが昨春、2倍を超えた。

目立って増えたのは児童文学の読者だ。宮沢賢治の『注文の多い料理店』は2倍、新美南吉『ごん狐』が3倍、グリム兄弟『ラプンツェル』は4倍に。学校に行けない子どもに何を読ませようかと考え込んだ親御さんの姿が浮かぶ。

年間ランキングにも影響を及ぼす。中島敦の『山月記』や芥川龍之介『蜘蛛の糸』など短編が順位を上げた。「家での読み聞かせ、声優さんらによる朗読配信でも短編が好まれたようです」

青空文庫が店開きしたのは1997年。森鷗外『高瀬舟』、与謝野晶子『みだれ髪』など4作品で始まった。運営は非営利で、入力や校正にあたる無償のボランティア「青空耕作員」が支える。出版界との共存は難題のままだが、だれにも開かれた「共有の本棚」に並ぶ作品は、1万6千点を超えた。

思えば、食や旅ほどではないにせよ、読むという営みもコロナ下で変容した。有料か無料かを問わず、私も電子媒体で読む時間ばかりが増える。感染が収束したとしても、日々の「読み方」はコロナ以前には戻れない気がする。

後手後手庁　4・3

どうして私がお風呂に入る時間を勝手に決めちゃうの？　ヨシタケシンスケさんの絵本『ふまんがあります』で、主人公の女の子が、そんな疑問を次々パパにぶつけていく。

「ナゾの生き物『おふろあらし』が来ると、お湯がなくなっちゃうからさ」。丁々発止のやり取りを楽しみつつも、女の子は「大人になるとどうしてズルくなるの」と繰り返し尋ねる。「こども庁」創設をめぐる記事を読んで、疑いがふつふつと湧いた。

こども庁立ち上げを提言したのは自民党の議員有志。2月から勉強会を重ね、菅義偉首相に緊急提言を手渡した。首相はすぐさま党執行部に検討を指示。「子どもはいちばん大事で国の宝なのでしっかりやりましょう」。二階俊博幹事長は即応したそうな。

提言書を読んでみる。子どもに関する政策に取り組む司令塔を打ち立て、省庁間に散らばった権限を一元化すべしとある。聞き飽きた言い回しではあるものの、「チルドレン・ファースト」をめざす姿勢にはうなずく点もなくはない。

とはいえ党が次の衆院選の公約に盛り込むと聞けば、たちまち興は冷めてしまう。集票狙いのアドバルーン、選挙が終わればすぐしぼみはしないか。あからさまな「子ども扱い」は、当節の有権者には通用しまい。

「デジタル庁」に続けて「こども庁」とは。思いつくまま「庁」を増やされてはたまらない。むしろ現政権に必要なのは「先手庁」の方ではないか。感染症対策で見た後手後手の対応を繰り返してほしくない。

清明節　4・4

すっかり春めく今ごろは中華圏では「清明節」にあたり、人々にとって特別のときである。「芳草は地に満ち、柳は緑に桃は紅く、男女は遊楽に心も浮き立って……」と、尚秉和著『中国社会風俗史』（秋田成明編訳）に綴《つづ》られる。

伝統的に蹴鞠《けまり》や闘鶏、ブランコなどの遊びを楽しんでいたという。そして何より墓参りをするのが習わしで、日本のお彼岸に近い。「天涯の遊子も帰心の動く頃」と先の本にある通り、遠く故郷を離れた人も帰りたくなるときだ。

この列車にも帰省や行楽の客が多かったに違いない。清明節の連休初日のおととい、台湾東部の花蓮県で特急列車が脱線する事故が起きた。車両の多くがトンネル内に突っ込み、壁にぶつかって変形した。50人を超える命が失われた。

山をうがった狭いトンネルは、救助活動の妨げにもなった。脱線の原因は明らかになりつつあり、高台に駐車していたトラックが滑り落ち、列車に衝突したらしい。サイドブレーキが甘かった疑いが持たれている。

2021・4月

台湾の幹線鉄道は、山の多い内陸を囲むように全土を一周している。車窓から海と山の両方が楽しめるところも多い。しかし、その山の高台から事故原因が生じ、トンネルが被害を大きくしたとすれば、山間鉄道に潜む危険を示したといえる。山がちの日本も教訓としたい。

かつてのJR福知山線の事故を考えても、脱線はときに多くの命を瞬時に奪う。軌道の上にある安心が、不断の注意の上に成り立っていることを改めて思う。

きれいでないものに……　4・5

本紙beにある「街のB級言葉図鑑」に、くすりとすることが多い。国語辞典編纂《へんさん》者の飯間浩明さんが街で見つけた表現を紹介する欄で、先日のお題は「きれいでないものに当て字」。ごみ箱に「護美箱」と書かれた写真があった。

美を護《まも》る箱とは上品だが、おトイレの扉に「音入」と書く例もなかなかだ。ではこちらの言葉遣いはどうか。まん延防止等重点措置を略して「まん防」。のんびりした感じがするのは、丸っこいマンボウの姿が浮かぶからだ。

先日の国会でも「ちょっとゆるいイメージがある」と指摘され、政府分科会の尾身茂会長が

「まん防」という略称は今後使わないと答弁していた。妥当な判断だが、そもそも「ゆるい感じ」は制度を作るときからつきまとっていた。

緊急事態宣言が続けば、五輪中止の声はさらに高まるに違いない。だから宣言の前座のような措置を設けたい、そんな下心も見え隠れしていた。大阪など3府県の今の数値を見る限り、宣言を出してもおかしくない水準だ。

それでも重点措置がきょう始まるわけで、使う以上は役立てたい。お店にアクリル板を設置しまくること、マスク会食をすることなど、徹底すれば効果はあろう。行政はきめ細かい対応を、店や客も油断なきよう。もちろん3府県に限らない。

「マンボウの昼寝」は海面にぷかぷか浮かぶ姿を言う。手元の事典では寄生虫を落とすため、病気で体調が悪いためなどの説もある。ああ見えて、病との闘いの真っ最中なのかもしれない。

桜前線　4・6

忘れっぽいたちなのか、毎年春になると、桜というのはこんなにきれいだったのかと驚いてしまう。そして次に思うのは、美しい時間はこんなに短かったか、ということだ。

〈夜／さくらは天にむかって散っていく〉とつづったのは、詩人の片岡文雄である。そして咲き誇るころの美しさをこう表現した。〈じつにわずかなときだが／さくらのはなびらは／わたしらの足もとを／どこにもないひかりでてらす〉（「さくら」）。

冬の終わりにあたたかい日が続いたためか、今年の桜前線はいつもより早めに北上している。にぎやかなお花見が封印された2度目の春。見頃を過ぎた近所の桜はそれでも、路面の彩りとなり、水面の花筏《はないかだ》となって趣を残している。

満開の地は今どのあたりかと思っていたら、きのうの朝刊（東京本社版）に福島県富岡町、夜《よ》の森地区の桜が見頃とあった。地元で知られた桜並木だが、福島第一原発から7キロと近く、事故により人影のない場所になった。

現在も部分的に避難指示が出たままで、自由に見ることのできる並木は半分もない。そこを訪れ、結婚記念の写真を撮っていた若い二人の話が記事にある。「やっぱり地元で撮りたいと思って。桜は相変わらずきれい」

〈さまざまのこと思ひ出す桜かな〉という芭蕉の句にうなずくのは、美しさの衝撃ゆえにあの年の春、この年の春と心に浮かぶからだろう。つらい記憶もある。それでも楽しい思い出が時を経て重みを増すから、たぶん人は歩いていける。

田中邦衛さんを悼む　4・7

俳優の田中邦衛さんには不器用な男の役が染みついていた。その染みがいちばん濃かったのが、映画「学校」で演じた「イノさん」かもしれない。50を過ぎたイノさんは読み書きができず、夜間中学で学び始める。

竹下景子さん演じる先生が好きになり、生まれて初めて書くはがきで、気持ちを伝えようとする。「ぼくのお嫁さんになってください。そうすれば、ぼくはまいばん勉強をして……」。きれいな字になるように定規まで使って、1週間かけて書いた。

見ていて演技であることを忘れそうになるのが、この人のすごさであろう。若いときから数々の脇役でならしたが、転機はドラマ「北の国から」だった。監督から「邦さんは、ああしよう、こうしようと思いすぎる。それが表現を濁しちゃう」と言われた。

余分なものをそぎ落とす。そう心がけて演じたのが、都会での生活を捨てた黒板五郎である。故郷の北海道・富良野に戻り、暮らしに、子育てに苦闘する。情けない、かっこ悪い、でもそれでいい。テレビで五郎が教えてくれた。

2021・4月

ある人の記憶のなかでは青春スターのライバル。別の人にとっては小ずるいヤクザ。いくつもの存在感を残して、田中さんが88歳の生涯を閉じた。

「役者には一瞬キラッと輝く人がいるけど、オレなんか輝きようがないもの、長距離ランナーでいくしかないスよ」。田中さんが週刊誌でそう語ったことがある。きらびやかではないとしても強い輝きを放ちながら、長い長い距離を走り終えた。

＊3月24日死去、88歳

トロッコ　4・8

にわかに信じがたい映像だった。線路の上でトロッコを押して旅する大人と子どもがいて、ロシアの外交官とその家族だという。荷台には色鮮やかなソファやたくさんのスーツケース。任地の北朝鮮から帰国するときの様子だ。

北朝鮮では最近、各国の在外公館からの脱出が相次いでいるようだ。食料や医薬品などの基本物資が不足して、外交官たちの生活にも支障をきたしているらしい。コロナの水際対策のため、国境を越える交通手段もままならないことを映像は示す。

国内に感染者はいないと北朝鮮は主張するが、内実は不明である。感染対策として強い移動制限がかかって物資の流通が滞り、困窮が極まっているのではないか。そんな見方が強まるなか、北朝鮮が東京五輪に参加しないことを決めた。

感染から選手を守るためだという。外交的な思惑もあるに違いないが、自前の医療体制の不十分さが響いているのだろう。外交官に最低限の配慮もできないほどだから、五輪どころではないはずだ。

北朝鮮には特殊事情があり、このまま不参加ドミノとなるわけではなかろう。いま考えるべきは日本の事情である。医療体制はコロナ下の五輪をまかなうのに本当に十分なのか。欧米と桁違いに少ない感染者数でも、医療崩壊の瀬戸際に立つ国である。大阪府はきのう医療非常事態を宣言した。

ワクチン接種もまだ入り口なのに、五輪開会までもうすぐ１００日。開催の可否について真剣な検討がいる。希望的観測も情緒も排して。

バトンを渡す　4・9

戦争体験を引き継ぐ「平和のバトン」。母から子へとつなぐ「命のバトン」。バトンには未来へ向かう響きがあり、「#教師のバトン」も名前は悪くなかった。文部科学省がSNSで、先生たちに仕事の魅力を投稿してもらおうと始めた。

教職志望の学生を勇気づけられるのではと考えていたが、あにはからんや。仕事の過酷さを訴える投稿が相次いだ。たとえば「明日で退職です。若い頃は朝から晩まで働きました。今思うと、失ったものがあまりにも多かった」。

部活動の顧問になり「1年間で2日しか休めなかった」。雑務が多く「生徒と向き合う時間がない」。業務は増えるのに「20年間で削減された仕事は座高測定とギョウ虫検査しかありません」との嘆きもあった。炎上といっても過言でない。

業務の効率化を示す「スクラップ&ビルド」は、ある仕事をやめ新しい仕事を始めることをいう。この考え方が全く働かないのが学校だと、小中学校の教員江澤隆輔《りゅうすけ》さんが『先生も大変なんです』で書いていた。

小学校の英語教育やプログラミング教育、道徳の教科化など文科省から下りてくるビルドは膨大だが、削られる仕事はほとんどなく「ビルド&ビルド」になっているという。教師は子どものためにと言われると「ついつい動いてしまいますし、ある意味では働かせられてしまいます」。やりがい搾取を社会が容認してはいないだろうか。

教師の働き方改革という重いバトンがある。手渡されたのはむしろ文科省のほうだ。

変異ウイルス　4・10

1918年から日本でも広がり、およそ40万人の命を奪ったスペイン風邪には、三つの波があった。速水融《あきら》著『日本を襲ったスペイン・インフルエンザ』によると、それぞれに特徴があり、第1波では死者がほとんど出なかったようだ。

脅威となったのはその後で、第2波は感染力が強く、第3波は死亡率が高かった。「流感の恐怖時代襲来す　咳一つ出ても外出するな」と当時の新聞にある。様々な波はウイルスの変異によって起こったのではないかと、歴史人口学者の速水氏は指摘していた。

ウイルスとはこれほど変異するものかと、コロナ禍でも思い知らされた。英国で見つかった感染力の強い変異株が関西で広がり、他の地域にも及んでいる。東京、京都、沖縄でも「まん延防止等重点措置」が適用される。

重点措置には「部分的緊急事態宣言」の色合いがあり、主な手立ては飲食店の営業時間短縮である。県境を越える移動も控えるよう促すというが、変異株を抑えるのに果たして十分かどうか。

自分や家族が感染していない人にとって、コロナ禍のこの1年超は、ある種の「成功体験」かもしれない。今まで大丈夫だったから、今後もやり過ごせると思いたくなる。しかし環境が厳しくなった時に過去の成功を引きずるなら、失敗を招きかねない。

コロナ慣れをしている余裕はないはずだが、悪い例が政府から聞こえてくるのはどういうわけか。厚生労働省の職員が大勢で深夜まで送別会をした件は、いまだ尾を引いている。

無念のガガーリン　4・11

まるで古い夜行列車の寝台のような窮屈さだった。岐阜県各務原市の航空宇宙博物館で、世界初の有人宇宙飛行に使われた帰還カプセルの復元模型を見た。

旧ソ連の軍人ガガーリンが宇宙へ飛びたち、奇跡的に生還したのは60年前の4月12日。あしたである。「地球は青かった」。本人の弁そのものか否か定かではないが、この言葉とともに27歳の青年の名は世界にとどろく。

学芸員の加納舞さんによると、ガガーリンはその後も、「月へ行きたい」と切望したが、かなわない。さらには親友だった飛行士仲間を事故で失う。本人が亡くなるのは34歳の春、軍用機で飛行中に墜落した。「挑戦する心を保った一方、偉業の達成後、心身を病み、苦悩を抱えた人生でした」

今回の取材で、帰還後の人生を描いた評伝や映画にも目を通した。宇宙時代の英雄として国威を高める広告塔となった後、彼はアルコール依存に苦しみ、夫婦の仲もぎくしゃくしたそうだ。その歩みをたどって浮かぶのは、米ソの宇宙競争でコマの一つとして使われた若者の哀《かな》しみである。米国との先陣争いを制して得意になった権力者フルシチョフは彼に数々の特権を与えたが、続くブレジネフの時代、ガガーリンは軍の一飛行士の扱いに甘んじる。

彼の挑戦には敬意を抱く。とはいえ、為政者が実績を誇るための道具とならざるを得ないのはつらかっただろう。狭い部屋も高い場所も苦手な私なら、イチかバチかの国家的賭けの手札にされるのはごめん被りたい。

九十九里浜のネギ　4・13

トラクターやトラックが行き交い、急勾配のベルトコンベヤーが長ネギを運ぶ。千葉県の九十九里浜にある農業専門の株式会社「グリーンギフト」を訪ねた。

50ヘクタールを超す農場でコメにキャベツ、ハクサイを育てる。社長の鈴木敏弘さん(36)が最も力を注ぐのは長ネギだ。海岸に近い砂質土で育てた「白砂《しらすな》ねぎ」を商標登録し、出荷態勢を整えたところにコロナ禍が。スーパーや飲食店からのキャンセルが相次いだ。

泣く泣く廃棄したネギは80トンを超える。「わが社のエース」と呼ぶ技能実習生たちがタイやインドネシアへ帰国したまま、再来日できなくなったことも響いた。

過去にも苦しい時期はあった。おととしの秋は台風15号に襲われ、ハウスというハウスを吹き飛ばされた。東日本大震災の直後は風評被害や買い控えに苦しむ。「経営面での打撃でいえば、台風より震災よりやっぱりコロナの方が強烈です」。地元では近年、高齢農家のリタイアがとまらなかった。託された農地と地域の雇用を守ろうと奮闘中だ。

若い世代の農業離れが指摘されて久しい。担い手の7割が高齢者で、富山県に匹敵する面積が耕作放棄地となった。そこへこの感染症の追い打ちである。「コロナ離農」を懸念する声が津々浦々で聞かれる。

きのう東京など3都府県に、まん延防止等重点措置が適用された。各地の飲食店に活気がよみがえり、農産物の消費がコロナ以前に戻るのはいつか。浜と人が育てたネギの新ブランドが大きく伸びるよう願った。

幻の東京五輪　4・14

1938年の春、カイロで開かれた国際オリンピック委員会（IOC）の総会は荒れに荒れた。東京五輪の本番が2年後に迫っていながら、軍部は大陸でさらに砲火を強める。五輪の準備は遅れた。

「五輪までに日本は戦争を終える気があるのか」。詰問と非難を一身に浴びたのは日本人初のIOC委員、嘉納治五郎。柔道家として名高く、40年東京五輪の招致の立役者でもあった。だがカイロからの帰路、氷川丸の船内で肺炎のため急死する。日本政府が五輪を返上したのはその翌々月のこと。軍が非協力に転じ、海外からの批判にも抗しきれなくなった。

おととし開館した日本オリンピックミュージアム（東京・新宿）をきのう訪ねた。40年大会ゆかりの展示品は五輪ポスター、公認バッジ、記念の湯飲み。招致決定を伝える記事の見出しが躍る。「東京オリムピック！正式決定」「吾等《われら》の待望實現《じつげん》」。人々の歓喜を色濃く伝える。

展示を見て歩きながら、思いはやはり今夏の本番へ飛ぶ。戦争と疫病とで事情は異なるものの、快晴とともに幕が上がった64年大会とは対照的に、今回の五輪も一向に日が差さない。空を覆う暗雲は厚みを増していく。

きょうで開幕まで残り１００日。大阪府では感染者が初めて1千人を超え、聖火リレーは熱気を欠いた。

ミュージアムの敷地には治五郎翁の彫像があった。視線を追うと、真新しい国立競技場が正面に見える。彼の瞳に今夏、青空のもとで躍動するアスリートたちの姿が映るだろうか。

落ちない石　4・15

「何があっても落ちない」と語り継がれた中空の巨石が熊本県南阿蘇村にある。外輪山の岩の割れ目にぶら下がり、人呼んで「免《めん》の石」。だが5年前、熊本地震の本震で落下し、村人たちを嘆かせた。

「受験生や就活生、選挙の候補者にもご利益があると宣伝してきた石でした」と地元登山ガイドの柏田勲さん(80)。円錐《えんすい》形の石はＳＮＳでパワースポットとして広まり、登山客も増えつつあったという。

本震の翌週、柏田さんは石を捜しあてる。もとあった洞窟の50メートルも下の山肌で止まった。割れもせず、無傷だったことに驚く。「落ちても砕けない奇跡の石」という説明板を村役場の協力で立てた。登山道に階段やハシゴをかけ、難所には命綱を結んだ。

熊本地震の本震からあすで５年。震度７という揺れが立て続けに２度もありうることに驚き、避難後に亡くなる関連死の多さに衝撃を受けた。熊本、大分両県で２７６人もの尊い命が失われ、熊本県内ではいまも４００人が仮住まいを余儀なくされている。

〈春の陽はあまねく照れど肥の国の阿蘇山脈は復興さ中〉坂田陽子。『熊本地震　震災万葉集』にそんな一首がある。復興はなお道半ばではあるが、朗報もある。昨年夏にはＪＲ豊肥線がようやく全線で復旧した。崩落した阿蘇大橋に代わる新たな橋が先月、開通して、交通の大動脈が再びつながった。

「免の石」の近くから阿蘇山のカルデラを一望する。災害に屈せず、しなやかに着々と復元する力のたしかさに励まされた。

2021・4月

52ヘルツの孤独　4・16

長く虐待に耐え、生きづらさに苦しむ20代の女性、貴瑚《きこ》。育児放棄され、声が出せなくなった少年、愛《いとし》。人間不信に沈んだ2人が出会い、安らぎを得ていく……。今年の本屋大賞に輝いた町田そのこさんの小説『52ヘルツのクジラたち』を読む。

作中、孤立の象徴として描かれるのは、米国の西海岸に生息すると信じられてきた一頭のクジラだ。仲間には届かない52ヘルツの音で歌い続け、「世界一孤独なクジラ」と呼ばれる。米国では大がかりな海洋捜索がされたこともある。

母親から虫けら扱いされ、「ムシ」と呼ばれた愛《いとし》は、かたくなに本名を隠そうとする。困った貴瑚は彼を「52」と呼ぶ。「あんたの誰にも届かない52ヘルツの声を聴くよ。いつだって聴こうとするから」。その言葉をきっかけに凍り付いた少年の心が解け出し、貴瑚の魂と響き合っていく。

ヘルツという周波数の単位は、19世紀ドイツの物理学者ヘルツにちなむ。犬の鳴き声、人間の声、鳥のさえずり。おおよそこの順で数値が大きくなる。人の日常会話は250～4千ヘルツに収まるそうだ。

思えばこの1年余、私たちの会話は驚くほど減った。食堂や飲食店では「黙食」が求められ、電車で少しでも声を上げると視線を浴びる。だれもが無意識に声のトーンを抑え、周波数を下げる日々が続く。

コロナ下で、ふだん以上に聞こえにくくなった声のいかに多いことか。人と人の隔たりが深まるいまこそ、孤独を深めた人々が発するか細くも切実な声に耳を澄ませたい。

恐竜ザクザク　4・17

きょうは「恐竜の日」――。とは最近まで知らずにいた。調べてみると、1923年4月17日、ロイ・チャップマン・アンドリュースなる米探検家がゴビ砂漠へ旅立った日という。不勉強でその名にもなじみがない。

「日ごろ恐竜を扱う私たちも数年前まで知らなかった記念日です」と話すのは福井県立恐竜博物館の野田芳和さん(61)。アンドリュースは化石ハンターの先駆者で、映画「インディ・ジョーンズ」の主人公のモデルの一人とされる。恐竜の頭骨や卵の化石を大量に掘り出し、米国自然史博物館の館長を務めた。

福井県で恐竜発掘が盛んになったのは、地元の女子中学生がたまたま隣の石川県で化石を見つけたのがきっかけ。1982年夏のことだ。鑑定で白亜紀の肉食恐竜の歯とわかり、少女は時の人となる。

その後、県境をはさんで福井県勝山市内の地層から化石がザクザク見つかるように。「フクイラプトル」「フクイサウルス」。郷土にちなんだ恐竜名が発表されるたび地元は沸いた。

一昔前まで「日本では恐竜の化石は見つからない」と言われたものだ。だが博物館を訪れ、いまは日本列島も大陸と地続きだったとする説が有力だと学ぶ。勝山市内を歩きながら、人類誕生のはるか前、大小の恐竜たちがこの地を悠々と闊歩《かっぽ》したのかと想像をめぐらせた。

恐竜研究の進む米国や中国、タイでも「4月17日」はほとんど浸透していないとのこと。ならばいっそ日本から何か別の日を世界に提案してみてはどうだろう。

数字が示す　4・18

隠れた事実を、数字が明らかにすることがある。英国の作家デフォーが17世紀の疫病を描いた

『ペスト』には「死亡週報」なる数字が出てくる。週ごとの埋葬者数を示すもので、それにより人々は流行の始まりに気づいた。

通常は多くても300人ほどのロンドンの死亡者が349、394、415……と増えていく。日々の新聞のない時代に、簡単な統計が市民の不安げな視線を集めた。

最近の中国の統計でも異常な数字が明らかになった。新疆ウイグル自治区で女性の不妊手術が急増しており、2014年には3千件余りだったのが、18年には約6万件となった。実に19倍の増加だ。

自治区人口の半数を占める少数民族、ウイグル族への弾圧はかねて問題になっており、昨年はドイツの研究者が「強制的な不妊手術や中絶が行われている」と指摘した。そんな非人道的な人口抑制策を裏打ちするような手術の数である。

収容施設にウイグル族が連行され、政治的再教育や拷問、さらには性的暴行がなされていたという女性の証言を英BBCが報じている。中国政府は否定するが、ならば全てをオープンにすべきだ。きのうの日米首脳会談でもウイグル問題が議論された。

間違っても、中国を牽制《けんせい》するための道具として人権問題を扱ってはならない。だからといって、中国との経済関係への配慮から、弾圧に目をつぶるのは論外だ。軍事的緊張を避けつつ、人権のため働きかける。狭き道を行く責務が、日本にもどの国にもあるはずだ。

子どもが担うケア　4・19

作家の川端康成は中学生のころ、祖父の介護をしていた。寝たきりの祖父との日々を書き留めたのが『十六歳の日記』である。学校から帰ると、寝返りをうつのを助け、しびんをあて、茶を飲ませる。

川端は早くに両親を亡くし、祖父母に引き取られた。祖母も失った後、祖父の病を案じながら世話をするが、夜も起こされる生活は数え年で16の身にはつらかった。登校するとほっとしたようで「学校へ出た。学校は私の楽園である」と記した。

最近の言葉で言えば川端も「ヤングケアラー」だろう。大人の代わりに介護や家事を担うヤングケアラーは、中高校生でおよそ20人に1人。国による初の全国調査の結果に驚いた方も多いのではないか。家族の世話に割く時間は1日平均4時間に及ぶ。

高齢化のほか共働きの増加なども背景にあるようで、きょうだいの世話をする子も多い。学習が遅れ、進路が狭められるという悩みの一方、誰かに打ち明けられない実態がある。「相談しても状況が変わるとは思えない」などが理由だ。外からの助けがいる。

カタカナ語の氾濫《はんらん》は歓迎するものではないが、言葉が与えられ、見えにくかった問題が浮き彫りになることがある。そうしてヘイトスピーチへの目は厳しくなり、就職氷河期世代への支援が必要とされた。若年介護に焦点をあてた手立ても急がれる。

子どもらしい生活が奪われる。そのために夢をあきらめることもある。その子にとっても社会にとっても、あまりに大きな損失である。

コンコルドの誤り　4・20

1970年代、夢の旅客機として登場した超音速機コンコルド。その開発の経緯をめぐって「コンコルドの誤り」という言葉がある。英仏両国が共同開発に乗り出したが、採算の取れる見込みが薄いことが途中で判明する。

それでもすでに多額の投資をしたのだから後には引けないと、事業は止まらなかった。結局、商業的には失敗に終わったと飯田高著『法と社会科学をつなぐ』にある。返ってこない費用のことは忘れ、将来の損失を避けた方がいい。そんな教訓を超音速機は残した。

話を東京五輪に移すと、誘致の決定以来、競技場などに多額の費用が投じられてきた。何より選手生命をかけた努力がなされており、取りやめになれば報われないと悩む気持ちはよく分かる。しかしここは冷静に考えたい。

大阪府の吉村洋文知事が3度目の緊急事態宣言を政府に求めるという。変異ウイルスの拡大に対抗し、百貨店や飲食店、映画館などへの休業要請で人の動きを止める考えだ。大阪の現状は少し先の東京の姿だと専門家は指摘する。

住民へのワクチン接種、さらには急増する感染者の治療という仕事が重なり、医療従事者にのしかかっている。そのうえ五輪のために医療資源を割くという「三正面作戦」が現実的とはとても思えない。もしも五輪がさらなる感染拡大の契機になれば、命や暮らしの損失は計り知れない。開催の中止を検討すべきときではないか。

「東京五輪の誤り」。将来、そんな言葉が生まれないことを切に願う。

文庫本の包装　4・21

本をぞんざいに扱うのを絶対に許さない。そんな古本屋が、作家椎名誠さんのエッセー『さらば国分寺書店のオババ』に出てくる。店主のオババは、本を眺める客をじっと眺め、乱暴にページをめくるのを見るや鋭い声で怒る。

本の上にカバンを置く客には、天地がひっくり返るような声が飛ぶ。そんなふうだから客は少なく、すいていて本をゆっくり探せる店だった。「たかが書店に入るのにものすごくキンチョー」するのを我慢すれば。

本はしっかり吟味していい。ただし丁寧に。オババの話を思い出したのは、講談社が文庫本のフィルム包装を始めたとの記事に驚いたからだ。漫画本でおなじみのやり方で、きれいな本が買えると歓迎する声もあるという。いやいや選ぶためのちょい読みすらできないのは悲しい限りだ。

4月から税込み総額を示すよう国から求められたのが理由で、フィルム上に値札を貼るという。一時的な措置であればいいが、心配なのはいつの間にか定着することだ。漫画ではあれよあれよという間に広がった。

書店で本を選ぶのは、服を試着するのに似ている。気になる服に袖を通すように、目次を眺め、文章を少し味わい、いま自分が求める本かどうかを確かめる。文庫本だと頼りになるのが解説で、さしずめカリスマ店員の助言である。

思えばこれまでどれだけ多くの解説に導かれ、未知の著者やテーマに出会ってきたことか。講談社は包装を早めに切り上げてほしいし、他社はどうか後に続かぬよう。

1970年のアースデー　4・22

きょうはアースデー。地球環境を考える日として1970年に始まったとき、米国で一風変わった試みがなされた。歩行者天国である。排ガスに汚されていない空を取り戻そうと、ニューヨークのあちこちで車が締め出された。

日本も追随し、その年の夏に東京・銀座などで人々に車道が開放された。当時の新聞によると、美濃部亮吉都知事がニューヨーク市長にメッセージを送っている。自動車交通の問題は「人間の生命を大気汚染からいかに守るか」に関わっていると。

排ガスの悩みは先進工業国に共通する大問題だった。時代は移り、温室効果ガスというグローバルな問題があらゆる国にのしかかっている。バイデン米大統領が40の国・地域に呼びかけた「気候変動サミット」はきょうオンラインで始まる。

安保や経済で対立する米中もここでは手を握るのか、習近平《シーチンピン》国家主席も参加する。温暖化問題の国際協調はトランプ時代の混乱を経て、ようやく旧に復する。混乱に隠れ、対策をさぼっていたのは恥ずかしながら日本のようだ。2030年の温室効果ガスの削減で新たな目標を迫られている。

サミットに向け、日本の高校生らが続ける運動が先日の夕刊にあった。削減目標の大幅な引き上げを求め、街で声を上げている。日本に限らず温暖化対策の歩みは、残念ながら問題先送りの連続でもある。若い世代へ、まだ生まれぬ世代へと。

世界的なコロナ禍に目を奪われてしまう。しかし他の大問題が待ってくれるわけではない。

エンドウの花　4・23

ブロッコリーに黄色い花が咲くなんて、自分で育ててみるまで知らなかった。菜の花の仲間だとはっきり分かる可憐《かれん》な花。野菜としての収穫期はもう終わりなのだが、小さな花畑をもう少しながめていたくなる。

収穫が始まったスナップエンドウは白い花だ。羽を広げたようなかたちに、チョウを思う人が昔から多かったようだ。〈花ゑんどう蝶《ちょう》になるには風足らず〉大串章。ちょうどいい風が吹けば羽ばたいてしまいそうな。

「豌豆《えんどう》の花」は春の季題だが、豆を指す「豌豆」は夏である。花が次々に咲いてはすぐに実がつくので、季節を分けにくいようにも思う。それでも春と夏を行き来するようなこの陽気にはしっくりくる。

〈ゑんどうの凜々《りんりん》たるを朝な摘む〉山口青邨《せいそん》。とりたてをさっとゆでて味わう。コロナゆえに始めたささやかな家庭菜園も2年目に入り、植物たちのたくましさを日々感じる。少しでもお日さまをとりこむよう、南へ南へと伸びる茎と葉がある。

目には見えないが、マメ科の植物は根に付いている菌を通じ、空気中の窒素を肥料としてとりこんでいる。人類が空気から窒素を得る技術を手に入れたのは20世紀初め。化学肥料がつくりやすくなり、農業を劇的に変えたのだが、マメたちは大昔から実践している。

近所を歩いていて、田んぼに紫のレンゲソウを見た。これもマメ科と聞けば、天然の肥料として昔から重宝されてきた理由がよく分かる。穏やかな春の日だから、気持ちもできるだけ穏やかでいたい。

3度目の緊急事態　4・24

米国の戦争映画「ザ・ロンゲストデー」は直訳なら「最も長い日」。それを「史上最大の作戦」

としたのは、強い題名が人を引きつけると考えたからだろう。古い映画のような表現があふれたコロナ禍の1年余である。

「感染爆発の重大局面」から始まり、最近だと「これまでで最大の危機」。「我慢の3連休」や「勝負の3週間」もあった。医療逼迫《ひっぱく》を抑えるためには我慢も勝負もしよう。ワクチン接種を受けられるその日まで。しかしこちらの作戦は惨敗のようだ。

各国の情報を集めたウェブサイトによると日本のワクチン接種率は1％程度で、先進国の集まりであるOECD諸国の最下位。遅れは分かっていたが、まさかここまでとは。

前首相の安倍晋三氏は不明を恥じていることだろう。東京五輪の延期を2年ではなく1年と決めた時に「ワクチンの開発はできる。日本の技術は落ちていない。大丈夫」と語ったそうだ。森喜朗氏が本紙記者に明かした話である。

安倍氏の精神主義は現実に裏切られ、外国からの調達も綱渡りだ。しかし菅義偉首相はさらに強靱《きょうじん》な精神をお持ちのようだ。ワクチンが行き渡らないなかでも五輪開催を訴え、3度目の緊急事態宣言も影響しないと言う。影響を受けているのはむしろ感染対策の方か。

宣言期間が短めになったのも五輪が関係しているとしか思えない。腹に一物あるような対策や要請では従う方もしらけてしまう。五輪という軛《くびき》がある限り、政治の言葉から信用が失われたままである。

マリトッツォと疫病　4・25

ぽっかりと口をあけたように切れ目が入り、生クリームが大量に詰まった丸いパン。週末の朝、散歩中にのぞいた菓子店で思わず声が出た。これは、ローマ名物のマリトッツォではないか。

現地で特派員をしていたころ、カプチーノと一緒に立ち飲みの喫茶店でよく食べた。手づかみで食べやすく、忙しい日の朝食にぴったりだ。最近、日本でも人気だという。

名の由来はイタリア語の「夫（マリート）」。古代ローマ時代、羊飼いの夫に妻が持たせた腹持ちのよいパンが起源だという説がある。近代にはクリームの中に指輪を隠し、プロポーズに使われたとも。最古とみられる記録は19世紀前半で、ローマの詩人が明るくうたった。〈私は毎日、聖なるマリトッツォを買いに行く……〉。

それから間もなく、南アジアで発生した疫病のコレラがイタリアに到達し、猛威を振るった。集会は禁じられ、食堂や劇場なども閉鎖された。食事も仕事もままならず、もう菓子どころではない。〈あすコレラで死ぬか／きょう餓死するか〉の恨み節が残る。

新型コロナで欧州初の感染爆発が起きたイタリアでは、あすから大半の地域で規制の緩和が始まる。変異株による第3波が押し寄せ、都市封鎖に踏み切ってから1カ月余り。ワクチン接種も徐々に進み、恐る恐るの再出発だ。

一方で、きょうから3度目の緊急事態宣言に入った日本。一足先を行く欧州の経験から学ぶことはできなかったのか。家で過ごす連休は、菓子の甘さもどこか悲しい。

かだぎわり選挙　4・26

時として土地の言葉は標準語より迫力を帯びる。直近の例では「だまっとれん」。広島市内で取材中、何度も聞いた。「だまっていられない」では伝え切れぬ有権者の憤りを端的に映す。

広島県選管が作った標語も「だまっとれん。」。選挙啓発のポスターやのぼり旗に使われた。路面電車の車体にも同じ言葉が躍る。広島の有権者たちは、大勢の県議や市議、町長らが買収された不名誉に歯がみしてきた。

広島のほか、北海道と長野でも有権者の厳しい審判が示された。菅政権下では初の国政選挙。次の衆院選の前哨戦としても注目されたが、結果は与党の3戦全敗。逆風の強さが際立った。

北海道の人々の心境を地の言葉で表すなら、ごっぺすけ（大失敗）か。大臣室で大金を受け取るような人物を6度も当選させたことを悔やんでいよう。コロナによる現職議員の急死を受けた長野の補選は、実弟である野党候補が制した。敗れた自民の側はちんやり（意気消沈）しているらしい。

3選挙に共通するのは棄権の多さである。「密」な投票所を避けたいという心理はわからなくもない。それより政治とカネの実態にあきれ果て、わが1票がむなしく感じられた人が急増したのではと心配になる。

今回の選挙で、大聴衆を前に遊説のマイクを握る菅首相の姿はなかった。地元秋田の言葉を借りるなら、かだぎわり（肩身が狭い）か。苦戦を強いられ、けけし（悔しい）だろうか。いずれにせよ、厳しい局面に突入したのはまちがいない。

根を下ろす　4・27

舞台は1980年代、米南部アーカンソー州。農業での成功を夢見て移住した韓国人一家が水不足に耐え、たくましく生き抜く。映画「ミナリ」が米アカデミー賞の部門賞に輝いた。

ミナリとは聞き慣れぬ韓国語だが、調べてみれば日本語で言う植物のセリだった。作中、韓国から遅れて合流した祖母が、川べりにセリの種を植える場面が印象深い。

セリ鍋が日本でブームとなって久しい。名産地の一つ、秋田県湯沢市の奥山和宣《かずのり》さん(35)によると、いまは「三関《みつせき》せり」の苗を育てる作業のさなか。江戸時代から続くブランド野菜だ。東鳥海山の伏流水を吸い、長く伸びた根が特長という。「この10年ほど供給が追いつかない人気で、首都圏からも注文が舞い込みます」

人口減の先頭を行く秋田県だが、奥山さんは次の世代へ地域をつなごうと農業専門の株式会社CRAS《クラス》を創業。地元産のチェリー、ライス、アップル、セリの頭文字を集めた。ラテン語では「明日」。子どもたちに誇れる故郷を、と意気込む。

映画に戻れば、祖母が植えたセリは清流のそばに根を張っていく。韓国では、子ども世代の幸せのために懸命に働く親世代という含意がセリにはあると聞いた。映像は隅々まで美しく、流れる旋律はやさしい。

セリと言えば、春の七草の筆頭に名が挙がり、寒い季節に食べるものと思い込んできた。韓国では和《あ》え物や鍋物など食卓に欠かせない存在。映画を見終えて、シャキシャキした根っこの食感がにわかに恋しくなった。

骨のうたう　4・28

〈戦死やあわれ　兵隊の死ぬるや　あわれ〉。詩人竹内浩三はそんな作品を残し、23歳で早世する。来月で生誕100年。出身地の三重県伊勢市では追悼行事が予定されている。

映画監督をめざし、いまの日大芸術学部で学んだが、召集されて陸軍へ。〈ぼくがいくさに征《い》ったなら　一体ぼくはなにするだろう　てがらたてるかな〉〈うっかりしていて戦死するかしら〉。入隊の直前、そんな独白のような詩を書いた。

代表作「骨のうたう」では、前線で命を落とした自分が遺骨となって帰国する。〈帰ってはきましたけれど　故国の人のよそよそしさや〉。予言めく一節そのままに詩人は終戦の年の4月、フィリピン・ルソン島で命を落とす。映画を撮る夢はかなわなかった。

「失恋続きで家庭も持てず、戦後の日本を見ることなく旅立ちました」と話すのは、めいの庄司乃ぶ代さん(82)。死後10年を過ぎてから遺族が私家版の詩集『愚の旗』を出版し、世に知られる存在に。

〈日本よ　オレの国よ　オレにはお前が見えない〉。今世紀に入って発見された詩の冒頭である。

単純な愛国青年であるはずもないが、いわゆる反戦詩人の枠にも収まらない。「赤紙」の時代を生きた若者の気持ちの揺れをありありと伝える。

もし彼がSNS全盛のいま世にありせば、と想像した。時代の風はとらえても、飾らず、背伸びせず、同調圧力にも屈しない。20代前半ならではの本音を鮮やかにツイートし、きっと盛大にバズっていたことだろう。

祝日フラフラ　4・29

「2021年の祝日が移動します」。先ごろ、新聞各紙に政府広報が載った。五輪をにらんで日程が移ったのは「海の日」「山の日」「スポーツの日」。手もとのカレンダーを見れば、どれも変更前のままではないか。

カレンダー大手「トーダン」（東京）を訪ね、強口《こわぐち》邦雄社長(70)に事情を聴いた。「祝日が変わると国会で決まったのは昨年の11月末。すでに出荷済みでした」。印刷は1年がかりで、間に合わせようもなかったという。

政治の都合に振り回されたことは過去にもある。たとえば2000年の春。4月29日を「みどりの日」から「昭和の日」へ改める法案の成立が確実視され、強口さんは翌年版の印刷を始めた。数日後、ときの森喜朗首相の口から飛び出したのが「神の国」発言。国会審議は荒れ、法案はよもやの廃案に。数千万円が泡と消えた。

令和に改元された際も業界はハラハラし通しだった。退位の時期をめぐって「年末」「年度末」「4月末」と情報が錯綜《さくそう》した。「祝日を変えるなら施行日は2年先にお願いしたい」

思えばこの1年余、カレンダーを見る機会が平年より増えた気がする。離れて暮らす親を見舞った日。ワクチン接種の遅さにため息をついた日。あれこれと気をもむ日が続く。

洋の東西を問わず、自らの都合に合わせて祝祭日を変えたがるのは権力者の常。それでも本来は、歴史に学び、教訓を心に刻む日のはず。むやみに前へ後へ動かすと、せっかくの祝日の意義が軽んじられはしないか。

老いに報いる　4・30

春の連休を待ちかねたように函館・五稜郭公園のソメイヨシノが盛りを迎えた。園内の標準木で開花が確認されたのはこの20日。史上2番目の早さである。

戊辰戦争の舞台として知られる城郭は、道内有数のサクラの名所でもある。植生を管理する函館市住宅都市施設公社の渡辺千嘉子さん(46)はおととしの春、十数年ぶりに公園担当となって樹勢の衰えに驚いた。園内1500本の大半は樹齢60年以上。百寿を超える老木もあった。

サクラで名高い青森・弘前公園を訪ねて教えを請い、昨年6月に初めて実施したのが「お礼肥《ごえ》」プロジェクト。函館市民の目を長年楽しませてくれたことへの感謝を込め、木々に肥料をあげる試みだ。ボランティアを募ると、予想をはるかに上回る延べ400人が参加。バケツやスコップを手に汗を流した。

もう一つ、開花の時期に樹下での宴会が消えたのも、サクラには療養となった。「根のすぐ上のシートに大勢が腰をおろすのも、コンロの火で熱せられるのも、サクラには相当な負担です」と園の樹木医を務める斎藤保次《やすつぐ》さん(55)は話す。

園内を歩く。支え木がないと倒れそうな木もあるものの、1本1本が日ざしを浴び、懸命に枝を伸ばす。せっかくのお礼肥に豊かな花で報いたい。そんな意気込みを感じさせる枝ぶりだった。

今年の桜前線は列島を常ならぬ早足で駆け抜け、めでる余裕もなかった。来年こそは心穏やかに花の盛りを迎えたい。過度の負担を幹や根にかけぬよう気をつけながら。

2021

5月

終わりなき問い　5・1

黒地に白で「怨」と染め抜いたのぼりが立ち並ぶ。今年公開される原一男監督の映画「水俣曼《まん》荼羅《だら》」の一場面だ。6時間を超す長編のドキュメンタリーを見た。

チッソ水俣工場が有機水銀を含む排水を海に流し始めたのは戦前の1932年。ナゾの病気の患者が発生するのは40年代初頭である。やがて浜でネコが踊り、空からは海鳥が落ちるように。幾多の交渉や闘争をへてなお、患者としての補償や認定を求めて約1700人が裁判を続ける。

映画は、チッソに家族と自身の人生を狂わされた女性患者の心境の変化を伝える。憎み抜いた末、チッソを許す立場に転じた。「人を憎めば苦しかじゃろう。苦しか。そしたら許せば苦しゅうなかごんなるよ」。深い言葉を紹介するのは、『苦海浄土』の作家、石牟礼道子さんである。

その場面に、生前の石牟礼さんから取材で聞いたひと言を思い出した。「環境汚染と言っても、汚してきたのは人間です。人類そのものが毒素なのです」。目をつぶり、一語一語をゆっくりと発する姿はいまも胸にある。

水銀汚染は世界各地に深刻な被害をもたらした。水俣の名を冠した条約が4年前に発効し、多くの国で批准された。プラスチック廃棄物から海洋を救おうという機運も高まる。海や川、空や大地を汚染してきたことへの反省は着実に広がりつつある。

「公害の原点」と言われた水俣病が公式に確認されてきょうで65年。「水俣病は終わっていない」。映画の放つメッセージはあくまで重い。

通過点ではなく　5・2

歩いている時、私たちの身体は街の一部であると、社会学者の吉見俊哉《しゅんや》さんが書いている。しかし電車や車に乗ると街から切り離されてしまう。車窓の風景を「映像的なイメージとして消費する」にすぎない。

吉見さんの『東京裏返し　社会学的街歩きガイド』を読むと、その博識に触れながら一緒に歩いている気分になる。例えば北区にある飛鳥山という小さな丘。8代将軍吉宗が庶民向けの桜の名所として開発したという。

見下ろすと工場の敷地がある。「日本資本主義の父」といわれる実業家渋沢栄一の製紙会社があった場所だ。経済の発展には大量の紙幣が必要だと渋沢は考えた。忠実な幕臣でもあった彼は飛鳥山を愛しており、それもあってこの地を選んだようだ。

知識はなくとも何となく道を歩き、歴史を語る碑文などに出くわすのはうれしい。今年の大型連休も遠出を諦め、せめて散歩をという方も多いのではないか。近所でも歴史に触れることはある。例えば寂れた寺に記された由緒を知るとき。

あるいは店の看板にある創業年に年月を感じるとき。もしも長く住んでいる場所であれば、ここは昔、駄菓子屋だったなあなどと記憶をたどることもできる。気持ち次第で、街路は単なる通過点にもなるし、心の遊び場にもなる。

長い休みに家にいると損した気分になる。だから目的地を作り、そこに向かって多くの場所を通り過ぎる。それがいつもの連休だとすれば、今年は小さな発見を求め、のんびり歩くのも悪くない。

2021・5月

人としての「権理」　5・3

ことの本質を何とか言い表したい。福沢諭吉の手がけた訳語にはそんな思いがにじむ。スピーチは、元からあった「演舌《えんぜつ》」の語を下敷きにしつつ「演説」にたどりついた。人を説得しようという意志を字面から感じる。

ライトは「権利」ではなく「権理」とし、『学問のすすめ』に「地頭と百姓とは、有り様を異にすれども、その権理を異にするにあらず」と書いた。ライトの背景にある理《ことわり》、即《すなわ》ち物事の正しい筋道を思うと、定着しなかったのが残念でもある。

人としての権理、もとい権利は、近代の憲法を貫く原理になった。日本国憲法は基本的人権を「侵すことのできない永久の権利」とする。その流れの中にある「法の下の平等」を定めた憲法14条がいま、婚姻のあり方を問うている。

同性どうしの結婚を認めない現行法は14条違反。先日示された札幌地裁の判断である。性的指向は人の意思では変えられない、ゆえに性別や人種と同じで、差別は許されないという判決の筋道にうなずく。「男女の夫婦がお互いを思う気持ちと何が違うのか」と当事者は訴える。

身分などに基づく特権を退け、人権に光をあてる。それが近代の大きな流れだが、特権と人権は今も緊張関係にある。異性間の婚姻は、同性を愛する人から見れば特権そのものであろう。世の中の移り変わりとともに人権概念は輝き方を変える。

福沢はライトの訳語を「権理通義」とも記した。世に通る正義という語感には、人権の絶対性が宿る。きょうは憲法記念日。

新発見と名前　5・4

大発見であっても、その名前が重々しいとは限らない。エチオピアで骨が見つかった320万年前の猿人は、ルーシーの愛称がついた。発見の当日、ビートルズの曲「ルーシー・イン・ザ・スカイ・ウィズ・ダイヤモンズ」が流れていたからだ。

ラテン語の学名にも自由さはある。ハード著『学名の秘密』によると、歌手デビッド・ボウイの名を持つクモがいて、名はヘテロポダ・ダウィドウォウィエ。やせて足が長く、オレンジ色の髪のボウイに印象が近いという。

歌手ビヨンセにちなんだアブや、野球のイチローに由来するハチもいる。先日の報道によると、兵庫県の淡路島で化石が見つかった新種の恐竜に「ヤマトサウルス・イザナギイ」の名がついた。古事記ではイザナギとイザナミの二神がまず淤能碁呂島《おのごろ》という陸地をつくって降り立つ。そこで生み出したのが淡路島を始めとする日本の島々。神話の中の淡路島は国造りの出発点とされる。

今回の新種は世界的に分布したハドロサウルス科の仲間で、なかでも特に原始的な種という。仲間たちの繁栄の始まりにいたかもしれないという研究者たちの興奮が、名前に神話を選ばせたか。

皇国史観に利用された過去を持つ日本神話だが、今はとらわれることなく自由に遊べる。ライトノベル風にした小野寺優著『ラノベ古事記』のはずんだ文章も、ご賞味を。「そうだ！　イザナミ、この島『オノゴロ島』って名前にしない⁇　ここに神殿を造ろうよ」「素敵ね！　楽しそぉっ‼」

生活困難故に　5・5

歴史学者の大門正克《おおかどまさかつ》さんがある小学校の古い文書をひもといていたら、ひんぱんに出てくる言葉があった。「生活極めて困難故《ゆえ》に本人を要す」。生活に困り、子どもにも仕事をさせなければならない。だから不就学を認めてほしいという親から学校への申請書だった（『民衆の教育経験』）。

調べたのは1901年から12年にかけての文書で、貧困ゆえに学ぶ機会を奪われた子どもが少なくなかったことを示している。やむを得ないことだと行政の側も認めていたらしい。

貧しさゆえに義務教育を受けられないという事態は現代では絶対に許されない。しかし貧困の影響は、様々に形を変えて表れている。あるNPOが母子家庭に小学生の子どもの体重の変化を尋ねる調査をしており、その結果がきのうの紙面にあった。

2回目の緊急事態宣言が出ていた今年2月には、子どもの体重が減ったという答えが東京都内の家庭の1割近くにのぼった。感染拡大で非正規労働の母親の仕事が減り、食費を削った可能性が考えられるという。影響は、ふだんの学びや遊びにも及んでいるのではないか。

社会の激変でしわ寄せを受けるのは弱い人たちである。子どもの貧困に強く光があたるようになったのは、リーマン・ショック後の不況下だった。コロナ危機は雇用のみならず、子ども食堂などの手立てにも逆風を浴びせている。

貧困が子どもたちの将来に影を落とす。それを黙認するような社会であってはならないと、こどもの日に改めて思う。

2021・5月

行動変容を促す　5・7

英語の「ナッジ」とは、ひじで軽くつつくこと。命令をしたり、罰金を科したりするのではなく、それとなく行動変容を促すことをいう。例えば災害避難の呼びかけで「いま避難所に行けば寝る場所が確保できます」と伝える。

避難した方がいいと感じても、ときに人は判断を先延ばしにしてしまう。だから「いま」を強調し背中を押す。「すでにほとんどの方が避難しています」との言い方も効果がありそうだという(大竹文雄著『行動経済学の使い方』)。

感染対策で人との間隔を空けてもらうため、レジの前に足跡の印を描いたのはナッジの一種だろう。政府や東京都が通勤列車の減便を求めたのも、在宅勤務を促すつもりだったに違いない。しかしこちらは完全に裏目に出た。

連休明けのきのうは列車や駅が大混雑となって「密」が増してしまい、JR東日本は急きょ通常ダイヤに戻すことにした。裏目といえば連休中も、都内の人出を減らそうとしたところ、隣県のまちに多くの人が流れた。

行動変容の難しさがあらわになる中での緊急事態宣言の延長方針である。政府や自治体にはさらなる工夫が求められる。そして最終的には私たちが何を望むかにかかっている。助かる命が助けられない。そんな社会をよしとする人はいないだろう。

みなに慎重な行動を促す一方で、東京五輪は開くと言い続けるなら、政府みずから緊張感を緩めているようなものだ。五輪の中止を判断することが、いまや行動変容の必要条件ではないか。

赤木ファイル　5・8

主権者たる国民の求めに応じて、国が行政文書を公開する。そんな情報公開法の施行前夜だった2000年度。多くの省庁が異常な量の文書を廃棄していた。法の施行をにらんだ「駆け込み廃棄」だったとみられている。

NPO法人の情報公開クリアリングハウスがその後、明らかにした実態である。財務省や環境省の廃棄量は前年度の2倍を上回り、農水省は21倍。文書の存在を消せば、求められても公開しようがないというわけか。

それから霞が関では「問題になりそうな案件は文書で残さない」との不文律が広がったように思う。そう考えると、自死した近畿財務局職員赤木俊夫さんが森友文書改ざんの経緯を書き残したのは、勇気ある行為だった。財務省と近畿財務局の間のメールも添付されているという。

その「赤木ファイル」について財務省は、存在すら明かさない姿勢を1年も続けた末、やっと表に出すことを決めた。闇に葬りたかったのかもしれないが、赤木さんの妻雅子さんが訴訟で求め、裁判所も提出を促した。

2021・5月

公務員は国民の奉仕者であり、公文書は国民の財産である。そんな理念を口にするのが空しくなるようなことばかりが、この国で続いてきた。権力者への忖度《そんたく》がはびこり、記録がないがしろにされる。安倍政権下で蔓延《まんえん》した空気は菅政権でも引き継がれているのではないか。

最後まで公僕であろうとした赤木さんのファイルの扱いに小細工は許されない。「黒塗り」で真相を隠すことがあってはならない。

母ありて　5・9

那須塩原、小諸、盛岡、ブラジル……。牧草地研究の専門家である福田栄紀《えいき》さん(64)は転勤続きだった。故郷・島根で闘病中の母を励ますため、せっせと手紙を送った。

書き出しはいつも「今年〇番目の手紙です」。多い年には60通を超えた。季節の移ろい、家族の近況のほか、短歌を詠んで送ったこともある。〈母に出す手紙の切手買い足しぬ八十路《やそじ》の日々の続くを信じ〉。返信も届く。「元気でおんなはるかいな」。お国言葉がうれしかった。そんなやり取りは5年前、母が89歳で亡くなるまで続いた。

〈手紙読むのが楽しみと笑顔見せ言うてくれたけ、切手十枚また買うた。途中で逝くなや。〉。昨秋、日本一短い手紙コンクール「一筆啓上賞」に応募する。生前の母に語りかけるつもりで文案を練った。この作品がみごと大賞の一つに選ばれる。

送った便りは9年間で通算510通に。兄は地元で暮らし、妹は母の世話をするため帰郷した。「介護を兄と妹に任せきりにしているという後ろめたさがあった。手紙は僕にできる唯一の親孝行でした」

残された手紙を拝見して思い出したのは、サトウハチローさんの詩である。〈母ありて　われうれし　母ありて　われよぢれ　母ありて　われすなおなり〉。きょうは母の日だが、感染症のせいで対面もままならぬ異常な日々はなお終わらない。

かく言う当方も、故郷に80代の病む母がおり、もう1年近く会えずにいる。たまの手紙や電話しか見舞う手立てのないのがもどかしい。

殿様たちのリストラ　5・10

1871年、明治政府はそれまで存続した藩を廃し、県と改めた。生まれたのは天童県、松本県、名古屋県、岸和田県、今治県……。府県の総数は305もあった。今年はその廃藩置県から

150年を迎える。

「各地の旧藩主にとって廃藩置県は電撃的なリストラでした」と話すのは府県制の歴史に詳しい神奈川県立麻溝台《あさみぞだい》高校教諭の石田諭司《さとし》さん(57)。305府県体制は長続きせず、明治政府はいきなり75府県に統廃合。さらなる再編で38府県に。各地で復活を訴える運動が起き、47区分に落ち着いたのは明治半ばのことだ。

1903年には28道府県に再編する法案が作られている。北関東に巨大な宇都宮県が君臨。四国では徳島、九州では宮崎など3県が消えるという構想だった。翌年、日露戦争が勃発し、お蔵入りになったそうだ。

都道府県境を越えて出かけてよいだろうか。コロナ下でそう迷う場面が増えた。「他県からむやみに来ないで」「不要不急の遠出は控えて」。訴える知事たちの顔が浮かぶ。必要かつ緊急の用向きでも、いま住む東京都から出る瞬間、チクリと心が痛む。

思えば、これほど自治体の線引きを強く意識したことはなかった。外出自粛の要請には精いっぱい従っているつもりだが、境目に近いエリアにお住まいの方々は日々、どんな心持ちだろう。

ウイルスは都道府県境などものともせずに感染者を増やす。このごろは地図で見る県境が、細く薄い点線ではなく、濃く太い実線のように思われてならない。

犠牲的行為むり　5・11

「こちらは発熱外来」「面会禁止」。きのう訪れた東京都立川市の立川相互病院の1階にそんな案内があった。2、3階の窓には、真新しいメッセージが貼られている。「医療は限界　五輪やめて！」「もうカンベン　オリンピックむり！」

病院によると、掲示したのは先月末。昨年来、重症を含む242人のコロナ患者の入院治療にあたってきた。「ギリギリの人員配置で、将棋倒し的に医療崩壊につながりかねません」

病院が声を上げざるを得なくなった理由の一つは、五輪の大会組織委員会が先月、看護師500人を派遣するよう日本看護協会に要請したことだ。医療従事者からたちまち疑問の声が上がる。「看護は犠牲的行為であってはならない」。ナイチンゲールの名言を引用した投稿がSNSを駆けめぐった。

五輪への派遣を要請された日本看護協会出版会はこの3月、『ナースたちの現場レポート』を刊行している。コロナと格闘してきた看護師ら162人がこの1年の思いをつづった手記集である。

描かれたのは、自分からわが子に感染したらどうしようという不安。最期のオンライン面会で泣き叫んだ遺族の悲痛な声……。未曽有の感染症と対峙《たいじ》する看護師ならではの悩み、迷い、そして使命感を伝える。

緊急事態宣言が延長され、国際オリンピック委員会の会長すら来日を延期するという厳しい状況下で、あす「看護の日」を迎える。危機に直面した看護力をスポーツの祭典に回すなど、もはや現実の話とは思えない。

百万遍の約束　5・12

鎌倉末期、京の都で疫病が猛威をふるった。知恩寺の高僧が後醍醐天皇の命を受け、念仏を7日間で100万回唱えたところ、感染が収まる。この言い伝えが各地へ広まったのが「百万遍念仏」である。

車座になった人々が10メートルを超すような長い数珠を手から手へ回し、念仏を唱える。「疫病退散」「家内安全」。願いをこめ、百万遍の祈りはいまも各地で続く。

「1日100万回」。菅首相が新型コロナワクチン接種をめぐり、新たな目標を唱えている。すべての高齢者が2回の接種を終える期限を7月末と定め、逆算した数字らしい。だが実現の道すじはまるで見えない。

連日のように接種をめぐる混乱が続く。予約の電話やサイトがつながらず、困り果てたお年寄りが続々と市町村の窓口へ。高齢者向け接種は本格化したばかりで、まだ1日あたり5万回に届かない。それをいきなり「百万遍」にと号令されても、現場は疲弊するばかりだろう。

ふりかえれば幾度も誓ったり約束したりしてきた首相である。昨秋の就任会見では「来年前半までにすべての国民に行き渡るワクチンの確保をめざす」。年明けに緊急事態を宣言した日は「1カ月後に必ず事態を改善させる」。残念ながらどれも実現していない。

当方に順番が回ってくるのはいつか。成人で最後の接種者になると仮定して手計算すると、「百万遍」の約束が果たされた場合はこの10月にも。万々一いまのペースのままなら4年後と出た。行く道が遠すぎて目まいがする。

ぬけがけの罪　5・13

この2月、南米ペルーの元大統領がひそかに新型コロナワクチンの接種を受けていたことが発覚する。打ったのは在職中の昨秋で、家族もいっしょ。「私は治験に参加したつもりだ」。いかにも苦しい釈明である。

ほかに外相と保健相も、ぬけがけ接種が露見する。元大統領に対しては、国会が「接種は国民の平等などを定めた憲法に違反する」として10年間の公職追放を決議した。その直後、ご本人が感染を公表するというとんだ顚末《てんまつ》に。

南米の騒動は対岸の火事ではなかった。こちらの舞台は愛知県西尾市。主役は大手薬局チェーンを経営する名士夫妻。順番待ちをせず早く接種を受けられるよう、秘書が再三再四、市側に迫っていた。

担当部署は抵抗したものの、副市長が根負けする。土壇場で接種には至らなかったそうだが、行政の公平性は踏みにじられた。一向につながらない予約電話にため息をついた各地の人たちはあきれ果てているだろう。

接種の進む米国でもルール破りは後を絶たない。接種の担当者が「きょうの分は尽きました」とウソをついて、何時間も並んだ高齢者を追い返す。こっそり親族や知人を呼び寄せて接種していた。65歳以上に限って接種した街では変装騒ぎも。30代と40代の女性がおばあさんのふりをして1度目の接種に成功、2度目で発覚したという。

てんやわんやのワクチン狂騒曲が世界五大陸で鳴り響く。わが身かわいさゆえの企てが一度に噴き出し、地軸がずれてしまいかねない当節である。

信楽高原にて　5・14

事故から10年後に遺族が植えたヤマボウシの葉が緑に輝く。20年の節目に立てられた「安全の鐘」には真新しい千羽鶴が。きょうで発生から30年となる滋賀県甲賀市の信楽《しがらき》高原鉄道事故現場を訪ねた。

慰霊碑には犠牲者42人の実名が刻まれていた。一人ひとりの名を追っていく。取材の前に読んだ訴訟記録『信楽列車事故』（現代人文社）には、犠牲者の人となり、遺族それぞれの思いが記されていた。

夫を事故で失った女性は翌年、42個のおにぎりを作り、公開された事故車両の前に供えた。「亡くなった方はみな、お昼を食べられませんでしたから」。午前10時35分に起きた惨劇だった。

母を奪われた男性(68)には今回、電話で話を聴いた。「事故後、父は別人のように憔悴《しょうすい》しました。自分も三回忌までは落ち着きませんでした」。父はJR西日本を相手取った訴訟に加わり、証言台に立つ。「責任逃ればかりの鉄道会社に怒りが収まらなかったようです」。90代の父はいま、高齢者施設で暮らす。

遺族らは鉄道事故の原因を調べる常設機関をつくるよう粘り強く国に働きかけた。訴えが10年後に実り、「航空・鉄道事故調査委員会」（現・運輸安全委員会）が誕生する。衝突、脱線、転覆、逆走。各地の現場へ調査官が駆けつけ、原因の究明にあたってきた。

遺族らの結成した組織はおととし解散し、年を追って式典への出席者も減ったと聞く。再び慰霊碑の前に立つ。埋めがたい遺族の喪失感を思い、鉄道の安全を改めて祈った。

タケノコ山のクマ　5・15

新緑が山を彩る秋田県小坂町の直売所に、淡いピンクと緑の皮に包まれたタケノコが並び始めた。地元ではネマガリタケと呼ぶ。雪の重みで根元が曲がることからその名がついた。

数ある山菜のなかでも採取の難しさは群を抜く。「人間だけではなくツキノワグマも大好物だからです」。山菜のネット通販会社「あきた森の宅配便」代表の田中奈津子さん(32)は話す。この季節、腕に自慢のお年寄りたち30人が山に分け入り、採れたてを全国に発送する。

ネマガリタケが育つのは、生い茂ったササやぶの中だ。這《は》うように進むうち、同じくタケノコを探すクマと鉢合わせする危険も。地元の人々は腰につけたラジオとクマ鈴を大音量で鳴らし、奥を目指す。

振り返れば、ここ数年クマをめぐる痛ましいニュースを聞かない年はない。秋田でも5年前、ネマガリタケ採りの男女4人が相次いで襲われ、亡くなった。環境省によれば、被害を受けた人は昨年度が過去最多だった。

地元の方々が危険を知りつつ山に入るのは、わけがある。過疎と高齢化が進む山里では、タケノコは貴重な収入源。山で生計を営む人もいる。話をうかがい、クマとヒトが争わずに山の恵みを分け合う手立てはないかと思いをめぐらせた。

直売所で買ったネマガリタケを自宅でゆでた。トウモロコシのような甘い香りが食欲をそそる。タケノコ汁を味わいながら、東北の名人たちに感謝の気持ちが湧く。残雪を踏みしめる足音とクマ鈴の響きが耳の奥にこだました。

一転して緊急事態　5・16

洋の東西を問わず、弱い者が強い者に立ち向かうお話の中では、力を合わせるのが肝要だ。

「ブレーメンの音楽隊」では年老いて居場所がなくなったロバや犬、猫や鶏たちが集まり、鳴き声をあげて泥棒を追い出す。

「猿蟹合戦《さるかに》」では子蟹や栗、蜂が頑張って猿をこらしめる。そんな話を思い出させる反乱劇が政府のコロナ対策で起きた。まん延防止等重点措置にとどまるはずだった北海道と岡山県、広島県が一転して、緊急事態宣言の対象となった件である。

おととい政府から諮問を受けた専門家たちが次々と異論を唱え、当初の案を押し返した。本紙記事によると彼らは前日夜、非公式のオンライン会合を開き、意見のすりあわせをしていた。政府方針は甘すぎる、ゆえに追認してはいけないとの思いからだろう。

専門家たちの行動力には敬意を表する。気になるのは、政治家でもない彼らがひそかに作戦会議のような動きをせざるをえなかった点である。おのおのが自然体で意見しても耳を傾けてくれない。そんな扱いを何度もされてきた裏返しか。

専門家の危機感といえば、政府分科会の尾身茂会長が東京五輪について、医療の逼迫《ひっぱく》度合いをみて開催の是非を判断すべきだとの考えを示した。首相はじめ政府関係者が中止の選択肢に目をつぶるなか、至極真っ当な発言だ。

政府は五輪に必要とみられる医療資源を全て明らかにし、開催の是非を分科会に諮ってはどうだろう。何を言われるか分からないと思うと怖くてできないか。

天井のない監獄　5・17

髪を切ってもらう順番を待ちながら、他愛《たわい》のない話をする女性がいる。最近読んだ本のことを美容師に話す客がいる。会話に「戦争」や「敵」といった言葉がまじるのは、美容室のある場所がパレスチナ自治区のガザだからだ。

「次の戦争はもっとひどくなる。ガザを地図から消す気よ」「まだ消せるものがある?」「私たちよ。いっそ楽になるかもね」。2015年の映画「ガザの美容室」は、危険と隣り合わせの日常がどういうものかを教えてくれる。

種子島より小さい面積に200万のパレスチナ人が暮らす。世界でも有数の人口密集地であるガザ地区は「天井のない監獄」と言われる。何度もイスラエルに攻撃されてきた地域が、今また空爆にさらされている。

ビルとビルの間に炎があがる。高い建物が丸ごと崩れ落ちる。現地からの映像に現実感を失う。イスラム組織ハマスの拠点を狙っているというが、子どもを含む多くの市民の命が奪われている。

空爆の理由は、ハマスによるロケット弾攻撃でイスラエル市民に犠牲が出たことへの報復という。ではハマスが攻撃に乗り出した理由はというと、エルサレムでのパレスチナ人排斥だ。そんなふうに対立の経緯をたどれば、１９４８年にパレスチナ人が故郷を追われたイスラエル建国にまで行き着く。

複雑な歴史の上に平和を築くのは容易でないが、まず求められるのは停戦である。仲介を担う米国やアラブ諸国の責任も重い。ガザに「天井のない地獄」を強いてはならない。

天気とウェザー　5・18

「お天気で何よりです」というように、日本語の天気はそれだけで晴天を表す。英語のウェザーはいくぶん異なっており、もともと暴風の意味を持つという。動詞として使われると「難局を切り抜ける」の意味にもなる。

天気とは本来悪いもの。だから積極的に備える。英語にはそんな考え方がうかがえると、気象エッセイストの倉嶋厚さんが書いていた（『日本の空をみつめて』）。例年にも増して、備えと心構えが必要になりそうな今年の梅雨である。

初夏を楽しむ余裕もなく、続々と宣言される梅雨入りは、平年より20日以上早い地域が目立つ。

四国や近畿は統計を取り始めてから最も早くなった。ではそのぶん早々に明けるかというと、過去の記録を見る限り期待できない。長梅雨を覚悟したほうがよさそうだ。

梅雨を「五月雨《さみだれ》」というのは旧暦に由来するためだが、今年は違和感がない。厚い雲に覆われたこの暗さも「五月闇《さつきやみ》」の季語を使えば、少しは味わいが出るか。〈鍵盤に触れし残響五月闇〉徳田千鶴子。

何かの楽器に触れるのは、たしかに雨の日のなぐさめになる。読書もそうだろう。〈黴《かび》くさき書架より恋の物語〉広瀬綱子。黴もまた夏の季語である。じめじめした気分も、小説の世界に入り込めば、いっときは忘れられるか。

熊本県はすでに大雨の被害に見舞われている。風水害をもたらす梅雨や台風だが、大切な「空の水道」「空の給水車」でもあると倉嶋さんは書いた。なるだけ穏やかな給水でありますよう。

不作為の罪　5・19

作家の佐伯一麦《かずみ》さんは若いころ、東京で電気工として働いていた。団地の電気室やボイラー室などに赴き、作業をする。1980年代の当時、多くの現場でおなじみだったのが、防火用のアスベスト（石綿）だ。

工事のため石綿の上からドリルで穴を開けると、粉じんが部屋中に舞った。じかに吸い込み続けるうちに咳《せき》が止まらなくなり、胸を患う。石綿が原因と診断されるのはずっと後のことだ。

自分の体験に加え、医師や被害にあった人を訪ね歩いて書いたのが『石の肺　僕のアスベスト履歴書』である。危険に無策だった国によって「アスベスト禍の人体実験をされたといえるのではないでしょうか」。佐伯さんの訴えだ。

被害者の救済へ大きな一歩となったのが一昨日の最高裁判決である。建設現場で石綿を吸い込んだ元作業員と遺族の主張がほぼ受け入れられ、国と建材メーカーの責任が認められた。危険を知りながら、防じんマスク義務化や危険性表示などの手を打たなかったことが問題とされた。

その「不作為の罪」が続いた期間は１９７５年から約30年に及ぶ。経済が優先され、働く人の健康が後回しにされた年月である。提訴からも13年がたち、何人もの原告がこの日を迎えられずに亡くなった。長すぎた空白を少しでも補う救済措置がいる。

アスベストの名は「永久不滅」を意味するギリシャ語に由来する。火や熱に強く安価な資材として高度成長期に多用され、対策が遅れた。日本経済の影の部分が問われている。

署名という行為　5・20

反戦や労働問題を主題とした版画家、鈴木賢二に「署名」という作品がある。子どもをおんぶしたお母さんが署名用紙に向かい、眉間《みけん》に力のこもった表情で名前を書く。白と黒だけの骨太な木版画である。

先日、東京の町田市立国際版画美術館で目にしたとき、長いこと足がとまった。自分の名前を記して何かを求める。その行為の重みが伝わってくる。１９６０年の作で、聞けば労働者を守る運動に材を取ったらしい。

署名という行為が、これほど侮辱されたことがかつてあっただろうか。愛知県知事のリコールをめぐり、運動団体の事務局長らが逮捕された。アルバイトを使い、有権者の名前を大量に書き写させた署名偽造の疑いである。

「予定通り署名が集まらず、焦りがあった」と事務局長は語っていたという。署名に「予定」があるのもおかしな話だが、切羽詰まった彼にとって署名は、ペンを紙に走らせる筋肉の運動にしか映らなかったか。忘れてならないのは、現職の名古屋市長がリコール署名の後押しをしていた事実である。

戦後史に残る運動に、50年代の原水爆禁止の署名がある。3千万筆超を集め、原水禁世界大会が始まるきっかけになった。小さな声でもやがては大きくなり、「それがかならず、こだまとなってかえってくる」。当時の新聞に投稿された賛同の言葉だ。

小さな声が集まらなければ、作ってしまう。歴史に汚点を残す偽造事件は、この国の民主主義に起きている腐食を示しているのではあるまいか。

チャプリンの監視カメラ　5・21

往年のチャプリン映画「モダン・タイムス」には、新技術で労働者を縛ろうとする工場が出てくる。自動飲食機械は、昼休みを与えることなく、短時間で昼食を取らせるためのもの。主人公チャプリンの口にスープ皿をあてがおうとして、顔にぶちまけてしまう。

その点、監視カメラは完璧だ。持ち場を離れてたばこを吸っていると、壁の大型スクリーンにいきなり社長の顔が大写しになり、「なまけるな、仕事だ」と怒鳴られる。がんじがらめの管理にチャプリンはまいってしまう。

自動飲食機械はともかく、監視技術の進歩はめざましい。在宅勤務であっても、いや在宅だからこそのやり方があると先日の紙面で知った。働きぶりを詳しく把握するソフトを、社員たちのパソコンに入れた会社の話である。

電子メールの件名や閲覧したサイトの履歴、作業した時間などの情報が収集され、会社に伝わるという。監視が目的ではないというのが会社の言い分だが、果たしてどうか。

昔を振り返れば、外回りの仕事ならそれなりの自由があった。多くの仕事をパソコンでこなす現代は、どこにいても監視カメラの前にいるようなものかもしれない。実際、内蔵カメラを通じて働いている姿を撮影するソフトもあるというから、恐れ入る。

なまけるなんてとんでもない、在宅だとお昼休みも取らず、際限なく働いてしまうという方もいるのではないか。能率を上げつつ過重労働を避けるには、監視よりもコミュニケーションが肝要であろう。

特高と入管　5・22

戦前の特別高等警察、略して特高は反体制運動を弾圧した。治安維持の名の下、捕らえた人の扱いは熾烈《しれつ》を極めた。プロレタリア作家小林多喜二を拷問して死に至らしめたのは有名な話だ。

特高が担った役割の一つが外国人、それに朝鮮など植民地の人たちを扱う入国管理だった。戦後、その特高関係者の少なからぬ部分が公職追放を免れ、様々な形で入管の仕事に携わったと国際法学者の大沼保昭氏が指摘している（『単一民族社会の神話を超えて』）。

もしやかつての体質を引きずっているのではないか。そう思わせる現代の入管である。名古屋出入国在留管理局に収容されていたスリランカ人女性ウィシュマ・サンダマリさん（当時33）が死亡した衝撃はあまりに大きい。

支援団体によると食事も歩行もできないほど衰弱していたという。一時的に収容を停止する仮放免を申請したが認められなかった。あこがれの日本に留学したものの学費が払えなくなり、不法残留に。最後は命まで奪われた。

先日の紙面によると1997年以降、収容中に少なくとも21人が亡くなっており、うち5人が自殺という。劣悪な扱いの背景には「巨大な権限を持つ入管の不透明性」があると、元入管職員が指摘していた。日本の中に人権の空白地帯があり、放置されてきた。

過酷な環境に置き、日本にいることを諦めさせる。そんな狙いもあるかと疑いたくなる入管行政である。求められるのはむしろ、ひとりの人間として尊重するための法制度だ。

最近ウソをついたのは？　5・23

伊達政宗の遺訓とも俗に言われてきた五常訓のなかに「智に過ぐれば嘘《うそ》をつく」との言葉がある。確かに知恵者はずる賢くウソが多そうだ。策士策におぼれる。戦国武将の自戒とされるのもよくわかる。

ところが、近年の研究によると知能の高さと虚言の多さに明確な関係はないそうだ。ウソをつきやすいと科学的にわかったのは欲ばりな人や創造性の豊かな人、あるいは疲れている人だとか。

京都大学准教授の阿部修士《のぶひと》さん(40)の著書『あなたはこうしてウソをつく』でウソ研究の最先端を知った。人間は生まれつき他人をだますのか。それとも成長して不正直者になるのか。阿部さんはそんな疑問から研究を始めたという。

もちろん答えは単純ではない。脳機能を調べてわかってきたのも、性善説と性悪説の両方をあわせもつ複雑な脳のはたらき。「すぐには役に立たない研究ですが、こみいった人間の性質を説明できるメカニズムをみつけたい」と阿部さんは話す。

米国のデータによれば人は1日に平均1回ウソをつくという。誰かを傷つける邪悪な偽りだけでなく、やさしさの虚言もあれば、悲しみを忘れようとの自己欺まんもある。そもそも私たちは真実と虚偽とをつねに行き来する存在らしい。

あすは伊達政宗の385年目の命日。五常訓には「義に過ぐれば固くなる」とも記される。正しさだけでは窮屈ということか。さて私は最近いつウソをついただろうか。記憶をたどるが、思い出せない。いや、ウソではなく本当に。

ウイルスの時間軸　5・24

地球は46億年前に誕生した。ウイルスが生まれたのは30億年前。人類にはまだ20万年の歴史しかない。もし地球全史を1年に圧縮すれば、ウイルスは5月生まれ、人類は大みそかの夜11時37分に生まれたばかりとなる。

この時間軸は、ウイルス学の泰斗、山内《やまのうち》一也東京大名誉教授(89)から教わった。「ウイルスは人類より個性も豊かで、不器用なのも器用なのもいます」と話す。

たとえば天然痘は不器用派の代表格か。ヒトのみを宿主とし変異も少ないため、ワクチンに弱い。対照的なのが現下の新型コロナ。多くの哺乳類に宿ることができ、変異も活発で、日本だけで70万人超を感染させた。

山内さんは1950年代、冷凍保存のいらないワクチンをつくり、その後の天然痘根絶に貢献した。聞けば、先週、1回目のワクチン接種を済ませたところだ。「いつパンデミックが起きてもおかしくないと警告してきた私が打ってもらう側に。ワクチンはいま最も期待できる手立てですから」

この先、接種が世界規模で進めば、COVID―19の息の根など完全に止められるものと思いきや、それほど単純ではないらしい。弱毒化しても生き延び、ふつうの風邪を起こすウイルスとして存在し続けるのではないか。それが山内さんの描く未来図である。

きょうから国による大規模接種が始まる。モデルナ製など新たに2タイプも承認されたが、ゴールはなお見通せない。私たちは収束までの長い時間軸のいったいどのあたりにいるのだろう。

見えるかな？　5・25

最近見たインド映画「あの雲が晴れなくても」の主役は月である。舞台は雨の降り続くインドの村。皆既月食を一目見ようと人々が竹で月見やぐらを組み上げ、雲が去るよう歌う。

ドキュメンタリー作品ながら詩情たっぷり。雲の切れ間から奇跡のように顔をのぞかせる月が美しい。それにしても日食ならともかく、皆既月食にこれほど心躍らせる文化が海外にあるとは知らずにいた。胸に手を当てても、子どものころ、月食を待ち焦がれた記憶はない。

月食は古来さまざまな民話を生んできた。インカ帝国の人々は、月を襲って食べる猛獣ジャガーの物語をつむぎ、その夜はジャガーを追い払うよう犬をほえさせた。中国では、百節参天樹という植物に乗って天宮に上がった犬が月にかじりつくと読み解いた。

明日の夜、3年ぶりの皆既月食が日本各地で見られそうだ。欠けるのは、年間で最も地球に近い位置にある満月、いわゆるスーパームーンだ。今年最大の天文ショーと呼ばれる。

「スーパー・フラワー・ブラッド・ムーン」。英語圏では当夜の月を、特大の花の血の月と称する。花々が咲き誇る5月ゆえフラワー。血のような赤銅色に染まるからブラッドというわけだ。欧米では観測しにくく、日本や豪州、ハワイあたりが絶好の地に挙げられる。

日本で「皆既」となるのは午後8時9分ごろ。当夜の空模様が気になるところだが、村をあげて月食をめでるインドの人々にあやかり、どうかその時間帯だけでも晴れますように。

黒部のトロバス　5・26

今春、長野県大町市に「トロバス記念館」という展示施設がオープンした。日本一の堤高を誇る黒部ダムに至るただ一つの交通手段として、延べ6千万人を運んだ「関電トンネルトロリーバス」の歴史を語り継ぐ。

運行は1964年に始まり、無事故のまま3年前に営業を終えた。車両は15台とも解体される運命だったが、惜しむ声はやまない。ダムの玄関口である大町市は、最後の1台を保存しようと180万円をクラウドファンディングで募った。たちまち目標額の3倍以上が集まった。

「大町の象徴のような乗り物。残したくても市には予算が足りず、一度断念した事業でした」と市職員の宮坂充明さん(51)。市として初めて試みたネット上の寄付集めが予想外の成功を収め、感激したそうだ。

支援者からはメッセージが届いた。「家族旅行の大切な思い出」「大学の山岳部で何度も乗った」「亡くなった父が黒部トンネルを掘った」。県内外のファンからの篤志が多かったという。

「不可能を可能にする何かを信じよう」。トンネル掘削の苦難を描いて大ヒットした映画「黒部

2021・5月

の太陽」で、主演の三船敏郎さんが熱い言葉を吐く。工事は落盤や濁流に阻まれるが、現場が奮起し、不可能かと思われた貫通を実現させる。

富山、長野両県を結ぶ立山黒部アルペンルートが全線開業してから来月でちょうど50年。世紀の難工事に比べればスケールこそ小さいものの、最後のトロバスを残したいと奔走した人々の思いも十分に熱かった。

先着どこ吹く風　5・27

予約の電話もネットもつながらない。かと思えば、コネや権威で先にちゃっかり済ませた人も。津々浦々で進むコロナワクチンの接種は、「早い者勝ち」ならではの悲喜劇を生む。

会津駒ケ岳のふもとにある福島県檜枝岐《ひのえまた》村では、高齢者だけでなく全村民向けの集団接種が今月末で終わる見通しになった。驚きの早さだ。村住民課長の星友和さん(48)によると、予約すら必要なかった。村内に接種対象者は約460人。国から届いたワクチン1箱（487人分）でまかなえたからだ。

先月中旬から村職員が手分けして各戸を訪問。家族構成や職種を考慮して村役場が接種日時を各人に割りふった。たとえば旅館や民宿を営む家族には、手のすきやすい平日の昼間を指定した。「小さな村で、顔や仕事を知っているので、都合のつきやすい時間帯が読めました」と星さん。交通手段のない人は役場の公用車で送迎する。日時の変更希望はあっても、苦情はなかったという。

対照的なのは、10年前に公開された米映画「コンテイジョン」の荒々しさ。世界的な感染症の拡大下、完成まもないワクチンを手に入れようと強盗や誘拐が起こる。作り話とわかっていても、コロナ禍のいま見直すと、人間のあさましさにため息がもれた。

「先着順」一辺倒の予約方法では、何千人、何万人もの枠がまたたく間に埋まり、ネット弱者は置いてけぼり。人口の少ない村々にならえとは言わないまでも、もう少しいたわりのある方向へ改善できないものか。

冬の果て、常世の春　5・28

予防接種を何度も打ち、うがいを徹底し、子どもは学校を休ませる。感染対策をしても、あす元気でいられるか分からない……。百年余り前、スペイン風邪の恐怖を自著につづったのは歌人の与謝野晶子である。

歌集『みだれ髪』で名をはせた一流の文化人。夫の鉄幹も有名だが、晶子ほど文学史に刻まれる作品は多くない。幾人もの女性と浮名を流したと何かで読んだが、晶子は夫をどう見ていたのだろう。

「晶子にすれば鉄幹は二人三脚の相手でした」。晶子の出身地、大阪府堺市の与謝野晶子記念館の学芸員森下明穂さん(49)は話す。もとは尊敬した文学の師で、11人の子をともに育て上げた。晶子に離婚する気はなかったと見る。

鉄幹は明治半ばに一世を風靡《ふうび》したが、長い不振に陥る。「豊富な文学の知識をいかして頭で詩歌を練り上げていくタイプ。若い文学者たちには古びて感じられました」。対照的に晶子は胸の思いを自在に歌い上げ、生涯を通じ文名は高かった。女性の自立をはじめ評論でも活躍した。

年を追って鉄幹は黒衣に徹していく。幼子を入浴させ、妻の手紙を代筆し、多くの購読紙や取り寄せたフランス誌の記事を要約して伝えた。プロデューサーとしての腕は確かだったようである。

〈二人にて常世《とこよ》の春を作れりとわれなほ半《なかば》思はるるかな〉。1942年に刊行された最後の歌集『白桜集』にこの一首があった。波乱続きの夫婦がたどりついた常世の春を思う。あすはその年に没した晶子の命日「白桜忌」。

脱ノーネクタイ　5・29

きのう東京・霞が関の官庁街を歩いた。行き交う人の服装はネクタイ派が2割、ノータイの軽装派が8割。「クールビズ」の旗振り役の環境省を訪ねると意外にも、軽装を呼びかけるポスターや横断幕は見あたらなかった。

クールビズは16年前に始まった。小泉純一郎首相が沖縄の「かりゆしウェア」で出勤し、軽装は民間へ広まった。昨年までは政府が始まりと終わりを指定したが、今年からは期間の定めをなくしたとのこと。季節外れの暑さや寒さが増え、服装の自由化そのものも定着したのが理由だという。

1970年代の末、政府が推奨したのは「省エネルック」。石油危機から生まれた案で、半袖スーツにネクタイ姿の大平正芳首相がPRに努めるが、空振りに終わる。あれに比べれば、クールビズは成功したと評すべきだろう。

さて最近、菅義偉首相の装いを見て変化に気づいた。今月に入ってノータイのスーツ姿が続いたが、11日を境に平日はずっとネクタイ姿に。色は黄、青、赤が多い。コロナに立ち向かう真剣さを示すためだろうか。

『日本ネクタイ史』によれば、日本へは幕末に持ち込まれた。第2次大戦後は庶民にも広がり、いつしか勤めを持つ人々の責任感や忠誠度の象徴となっていく。

「私自身、先頭に立ってやり遂げていく」。緊急事態宣言がまた延長された。決意を語る菅首相の胸元には淡い青色のネクタイ。色彩の世界では青は安心感を表すという。その色の通り、安心の日々を取り戻せるのはいつか。

縄文遺跡群、世界遺産へ　5・30

「石器時代」は、より正確には「木器時代」と呼ぶべきだろう――。歴史学者のユヴァル・ノア・ハラリ氏が『サピエンス全史』でそう書いていた。言われてみれば、石器や土器と違って木は腐って分解されやすく、後世になかなか残らない。

しかし人々の身の回りには、木から作られたものが多かったに違いないと想像はできる。青森県にある縄文時代の三内丸山《さんないまるやま》遺跡からは、幸運にも木製品が出土している。ゴミ捨て場だった谷に水分が多く、空気から遮られていたためらしい。

発掘調査に長く携わった岡田康博氏の著書によると、木製の大皿のような器には鮮やかな赤の漆が塗られていた。厚さがわずか5ミリという精巧な木器もある。縄文文化が「木の文化」だったことを示しているという。

三内丸山をはじめ東北や北海道の縄文遺跡群が世界文化遺産に登録される見通しだ。農耕はまだ始まらず狩猟採集で食物を得ていたにもかかわらず、定住生活を営んでいた。世界でも珍しい縄文文化がまた注目されそうだ。

人類を定義する言葉の一つに、ホモ・ファーベル（作る人）がある。縄文人も作る意欲は旺盛だったようで、出土するのは長短さまざまな縫い針から、植物を編んだ布、装身具のヘアピンまである。原始人などと呼ぶのは無礼千万であろう。

太古の祖先には魔法に見えそうな機械に囲まれるのが現代の私たちだ。しかし自分の手でものを作ることから遠ざかり、ひたすら使うだけなら「作る人」の名折れかもしれない。

エリック・カールさんを悼む　5・31

『はらぺこあおむし』で知られる米国の絵本作家エリック・カールさんは、少年時代をナチス支配下のドイツで過ごした。ヒトラーや将軍たちに熱狂したのもつかの間、まちが空襲にさらされる。そんななかでも絵の授業だけは楽しみだった。

ある日先生の家で、こっそり複製絵画を見せてもらった。当時ドイツで退廃芸術の烙印《らくいん》を押されたピカソ、マチス、ブラックなどだ。「誰にも話してはいけない」と言われながら眺めた絵は、くらくらするほど衝撃的だったという。

カールさんの自伝を開くと、暗い時代でも点のような光が差し込んでいたのが分かる。疎開先で息子のように受け入れてくれた女性。ともに塹壕《ざんごう》を掘った敵国の捕虜は食べ物を分けてくれた。そんな光をつなぎあわせた先に、楽しい絵本の数々があるのだろう。

世界中で愛された作家が91歳で亡くなった。色を塗った薄い紙を切って貼り、愛らしい生き物たちを生み出した。「おなかがぺっこぺこ」のあおむしの物語は70以上の言語に翻訳された。

子どもに読み聞かせながら、こちらの心も洗われるような絵だった。お菓子などを食べ過ぎ、おなかがいたくて泣くあおむし。はっぱを食べて元気になるあおむし。本物の青虫も、やさしい目で見られるようになった気がする。

かつてカールさんが日本の子どもたちに発したメッセージがある。「忘れないでほしいのは、楽しむこと、遊ぶ時間をつくること、そして自分でいること!」。もちろん大人にも響く言葉だ。

＊5月23日死去、91歳

2021

6月

エクソンモービルの敗北　6・1

経営陣にとってはトロイの木馬が送り込まれたという気持ちだろう。世界的な石油企業エクソンモービルが、環境重視派の取締役2人を受け入れることになった。わずかな株しか持たない投資ファンドからの提案だったが、他の株主の賛同もあり、抗しきれなかった。

先週の株主総会の出来事である。そんな会社側の敗北を米欧の経済紙は「衝撃的」「歴史的」と報じた。気候変動への対策強化を求める2人は、これからどんな暴れ方を見せてくれるか。

エクソンは1999年にモービルと合併して今の会社になった。スティーブ・コール著『石油の帝国』によると、そのころ経営トップだったレイモンド氏は、石油・天然ガスの「原理主義者」を自任していたという。環境保護派は敵だった。

国際会議で彼は「地球は本当に温暖化しているのか？」と疑問を呈していた。経済を成長させ貧困をなくすには「化石燃料使用の削減ではなく増加が必要なのだ」とも語った。さすがにそこまでの極論は、現在の経営陣は口にしないようだが。

戦時中は「石油の一滴は血の一滴」と叫ばれ、戦後になると石油は「産業の血液」と言われた。

しかしその血流は、地球という体に不調をもたらしている。企業に対する世界の株主や消費者のまなざしは厳しさを増す一方だ。日本はどうか。

先週はオランダの裁判所も、石油大手ロイヤル・ダッチ・シェルに二酸化炭素の削減を強めるよう求めた。大きな変化を予感させるニュースが続々と届いている。

大坂選手の告白　6・2

正直に言うと、大坂なおみ選手が記者会見に出ないというニュースを耳にした時、プロなのに甘いのではないかと思った。人前で質問を受けることもトップ選手の責務ではないかと。そして一夜明けて飛び込んできたうつ病の告白である。

そこで感じたのは、病気であれば仕方ないということだった。しかしよく考えてみれば、どちらの反応も問題含みである。「甘えている」「みんなやっていることなのに」という周囲の視線が、心の不調を抱える人をどれほど追い詰めることか。

病気なのだからと思考を止めるのも、コインの裏表であろう。大坂選手は大会の棄権を選んだ。いまは心身を休めてほしいと願いつつ、他の道はなかっただろうかと考えてしまう。

彼女のSNSから伝わるのは、競技には力を尽くしたい、しかし記者会見の負担は軽減したいという思いだ。従来のルールにとらわれず、下ろせる荷物はないかと考えてみる。スポーツに限らず、どんな職場でも必要なことではないか。誰もが力を発揮するためにも。

棋士の先崎学さんは、うつ病で将棋界を一時離れたことがある。その時の様子を書いた『うつ病九段』によると「将棋界の中にもう自分の居場所がない」「自分の場所には戻れない」と思い悩んだという。

つらかったのは物事を悪い方に悪い方にと考えてしまうこと。一番うれしかったのは、将棋の仲間から「みんな待ってます」と言われたことだった。大坂選手をコートで見られる日をゆっくりと待ちたい。

雲仙の惨事から30年　6・3

長崎県の雲仙・普賢岳で噴火が続いていた時、島原市長として対策にあたっていたのが鐘ケ江《かねがえ》管一《かんいち》さんだ。長く白いヒゲが印象的だった。断ち物で願をかけるように、山がおさまるまでヒゲはそらないと決めていた。

きっかけは30年前のきょう起きた大火砕流による惨事だったと著書『普賢、鳴りやまず』に記している。消防団員12人も命を落としており、鐘ケ江さんが弔文を読んだ。「人々の生命や財産を守るために尽力されてきたあなたたちが……なぜ、あなたたちが死なねばならないのか」

死者・行方不明者43人のうち報道関係者が16人で、彼らが乗っていたタクシーの運転手が4人だった。消防団員らは報道陣に注意を呼びかけていて被害にあった。記者の一人としては、対象に迫りたい気持ちは痛いほどわかる。しかし巻き込まれた人がいたと思うと言葉もない。

30年が過ぎても、いや遠くなるからこそ胸に刻まねばならない被害である。この国の火山がときに、鋭い牙をむくのを忘れないために。同じような惨事を繰り返さないために。

大きく報道されることで共感が広がり、政府の支援策を引き出すことができたと鐘ケ江さんは著書で述べた。一方で避難を求められながらも取材を続けたことには厳しい言葉をつづり、「専門家と報道の危険度の認識にギャップがあった」とも書いている。

報道の責務を全うすること。それでも大きな危険は回避すること。あらゆる場面で均衡を探らねばならない。道はまだ半ばである。

映画館の再開　6・4

映画監督の黒沢清さんは高校のころ、授業が終わるやいなや「映画館に逃げ込みたい」という気分で走って行ったという。そこに入ってしまえば「映画は僕の前にボーンと出現してくれる」。自分の抱える劣等感などはもう関係なくなる。

映画人の思いを集め、昨秋刊行された『そして映画館はつづく』で黒沢さんが語っている。すぐそこにある異世界、別世界。だからネット経由でたくさんの作品を見られる時代でも人々は足を運ぶのだろう。

東京や大阪で休業を要請されていた映画館が今月から再開した。舞台挨拶《あいさつ》で吉永小百合さんが「スクリーンから飛沫《ひまつ》は飛びません」と語ったという。そう、スクリーンからは何も飛ばず、いい映画にはこちらの心が飛び込んでいく。

上映中の「ファーザー」も、知らない世界に連れて行ってくれる作品だった。認知症の男性が主人公で、彼に見えている光景がそのまま映像になっている。娘と介護人の区別さえつかなくなる不安定さに落ち着かなくなる。

2021・6月

それでも終幕のころには、主人公の老いに心を寄せている。思えば映画館にしろ美術館にしろ、日常から奪われる日が来るとは想像しなかった。文化は案外もろいもので、だからだいじにしなければと気づく。

冒頭の本には映画館の副支配人の言葉もある。コロナ禍を経て「やっぱり映画館は知らない人たちと時間を共有する場所なんだなと思いましたね」。言葉も交わさないのに、一緒に見る人がいることにほっとする。不思議なことに。

尾身会長の警告　6・5

米国の国立アレルギー感染症研究所といえば、専門家の立場で政府に助言する役割も担う。その所長のファウチ氏は昨年、トランプ大統領とコロナ対策でよく対立していた。経済活動を早く再開したい大統領をよそに、拙速さを戒めていた。

トランプ氏からは「人騒がせな人物」と疎まれたが、専門家として節を曲げない姿が印象的だった。さて政府分科会の尾身茂会長が最近、ファウチ氏と重なって見えてきた。連日の国会答弁で東京五輪のあり方に疑問を呈している。

パンデミック（世界的大流行）のなかで開催するのは「普通ではない」と言い切る。「こういう状況のなかで何のために五輪をやるのか」と政府に説明を求める。それでもやるというなら「強い覚悟でやってもらう必要がある」。

感染拡大した場合の責任を取る覚悟はおありか、と迫っているかのようだ。尾身氏の主張は、選手や大会関係者だけ隔離を徹底しても不十分だというものだ。たしかにボランティアは自宅から競技場に通うし、各地で場外観戦が予定される。祭典ムードも自粛意欲をそぎそうだ。

政府や国際オリンピック委員会は間違っても警告を無視することのなきよう。バッハ会長が就任翌年の２０１４年に発した言葉がある。「我々は変わらなければならない。スポーツの影響力が大きくなった今日、社会を無視することはできない。我々は孤島に住んでいるわけではない」

バッハ氏のみならず、首相や東京都知事にも強く強くかみしめてほしい。

梅の日に　６・６

明治時代、とかく反目しがちな陸軍と海軍がそろって兵食に採用したのは、梅干しだった。当時の主産地は山口、千葉、埼玉など。その後、和歌山県が急伸し、昭和から令和まで56年連続で収穫量1位の座を守った。

その和歌山県が昨年、28年ぶりの大不作に見舞われたという記事を今春、読んだ。梅干しの値上げが相次いだという。梅干しメーカー「ウメタ」(同県みなべ町)の泰地《たいじ》祥夫《よしお》社長(61)に聞くと、「2年連続の不作にコロナ禍が重なって、大苦戦を強いられました」。

原因は、満開期に受粉を担うミツバチが元気よく飛び回らなかったことだというから驚きだ。昨年は暖冬で、例年より半月ほど早い2月はじめに満開を迎えた。ところが、その途端、気温が下がってミツバチの活動が鈍り、受粉が進まなかったそうだ。

産地はいま、主力品種「南高梅《なんこう》」の収穫が盛期を迎えた。今年は一転、実のつきが良く、豊作を期待できそう。きのう梅畑に出た泰地社長は「実がきれいで、私たちも元気を取り戻していま す」と陽気な声で話した。

中国・長江流域で梅の実が熟すころの雨を古くから梅雨《ばいう》と呼んだ。今年、和歌山を含む近畿は統計開始以来、最も早く梅雨に入った。北陸や関東以北にも前線が迫る。曇り空を見上げて、いよいよかと気をもんだ方も多いだろう。

きょうは梅の日。都心のスーパーをのぞくと、青々とした梅と黄色い完熟した梅が並んでいた。梅雨の合間、梅酒づくりに挑戦してみようか。巣ごもりの日々に。

イルカ既読スルー　6・7

せっかくメッセージを送ったのに、読むだけ読んで相手が返信をくれない「既読スルー」。そのたび返事が来るか来ないか気になって、何度もスマホの画面をのぞいてしまう。

既読スルーに心がモヤつくのは人間だけかと思いきや、シロイルカも同じらしい。最近の研究で、仲間と鳴き交わす際、スルーされると黙っておらず、返事を催促していることがわかった。

三重大学の森阪匡通《ただみち》・准教授(44)らの研究。水族館の水槽に録音器をつけ、鳴き方を調べた。仲間に「ギー」と声をかけ、1秒ほど待っても返事がないと、再び「ギー」と畳みかける行動が高い確率で観測された。「返事ぐらいして」と言わんばかりの催促ではないか。

「イルカやサル、クジラなど社会性を持ち、音声を多用する動物は、鳴き交わしが成立しないと安心感を失います」と森阪さん。シロイルカの世界にも存在した「既読スルー」を解明したその論文は、哺乳類学の専門誌に掲載された。

英国の進化人類学者ロビン・ダンバーによると、人と人の会話は、サル同士の毛づくろいに近い機能を持つ。あなたに関心がある、良好な関係を持ちたいと伝える、いわば遠隔の毛づくろい。

会話の中身はともかく、言葉を交わすのが大切なのだという。

森阪さんの研究室で、シロイルカの声を聞いた。キッキッキという高音からドアがきしむような音まで、やり取りは音域が広く、緩急も自在。シロイルカの会話の豊かさにならい、「既読スルー」を少し減らそうかな。

最後の朝　6・8

小学生が列になって座り、それぞれ前の子の背に自分の耳を押しあてる。聞こえるのは心臓の鼓動。「ドキドキ言ってる」「あったかい」。大阪教育大付属池田小学校が試みた授業「いのちの教育」の一コマだ。

包丁を持った男が校舎に侵入し、6歳から8歳まで小学生8人の命を奪った事件からきょうで20年。ある遺族は事件の数カ月後、娘が公立図書館から借りたままの児童書を3冊見つけた。直接手を触れたと思うと手放せない。返却した日、涙が止まらなかったと手記につづる。

別の遺族は、生前の約束を果たそうと、夫妻で夏休みに宝塚大劇場へ。遺影を携えて出かけたが、同世代の子どもたちの歓声がつらかったと自著に記した。

思い出すのは、『最後だとわかっていたなら』という詩。不慮の水難事故で10歳の息子を失った米国の作家が、最後の朝の悔いをつづる。もう一度抱きしめ、ビデオに姿を残し、「愛してる」と伝えたかったと。喪失感の深さに胸がつまる。

きのう、付属池田小では追悼行事の準備が進んでいた。〈本学関係者以外の者の無断立入りを禁止します〉。校門に掲げられた警告の文字は赤く太い。事件の衝撃は大きく、あの日を境に、日本の教育現場は安全最優先へとカジを切った。

「いつまでも私達の心の中に残っています。子どもたちをどうか見守って下さい。安らかに…」。献花台に並ぶ花束の一つに、手書きのメッセージが添えられている。梅雨の晴れ間の穏やかな光が校舎を照らしていた。

聖火のるかそるか　6・9

「どうか大きな声は出さないで。代わりに拍手を」。聖火を見ようと沿道で待つ人々に、先導車両が哀願するような調子で呼びかける。先週、新潟県で見た光景だ。せっかくの晴れ舞台にコロナという暗雲が垂れ込める。

新潟に先立つ富山県では沿道に観客の姿がなかった。催されたのは「トーチキス」。走者が公園内の特設ステージに上がり、順に火を移す儀式である。「関係者以外のご入場をお断り致します」という看板が立ち、警備はものものしい。大役を終えた走者たちの笑顔に心を洗われたが、沿道から祝福の声を浴びられないのが悲しい。

聖火リレーの歴史は1936年に始まる。五輪発祥の地であるギリシャでともされた火がナチス支配下のドイツへ運ばれ、沿道を熱狂させる。その演出は国威を発揚させた。

64年五輪の記録映画「東京オリンピック」(市川崑監督)に印象深い場面があった。聖火のトーチがもうもうと白煙を上げて進む。広島では聖火を目の前で見ようと人の波が寄せ、東京では人々が窓から身を乗り出す。聖火は祝祭そのものだった。

今大会のリレーは迷走が続く。昨年はスタートの2日前に五輪延期が発表された。1年たった今年も感染者が減らない中、各地で縮小を余儀なくされる。キスかリレーか。公道か場内か。辞退した走者も少なくない。

聖火はいま秋田県を北上中。東京都内に入るのは7月9日だ。その時点で五輪本番への道は続いているか絶たれているか。1カ月先すら予測できない。

すがさんゆうびん　6・10

〈しろやぎさんからおてがみついた　くろやぎさんたらよまずにたべた〉。まど・みちおさんの詩「やぎさんゆうびん」は白やぎと黒やぎの間で読まれることなく交わされる手紙の往復を描く。

五輪を開催するかしないか。国会でそう問われた菅義偉首相の迷走ぶりを見て先月、SNS上を飛び交ったのが「やぎさん答弁」という新語。何を聞かれても「国民の命と健康を守っていく」一辺倒で、質問の中身を聞かずに食べるかのような姿勢を、上西《うえにし》充子・法政大教授が「やぎさんゆうびんのよう」と評したのが始まりらしい。

首相就任後初となる党首討論でも残念ながら、やぎさんぶりは隠せなかった。国民の命を危険にさらしてでも五輪を開く理由は？　核心に迫る質問にも答えないままだった。

「当時、私は高校生でした」。意外な長広舌をふるったのは1964年東京五輪の思い出。バレーボール「東洋の魔女」やマラソンの覇者アベベの活躍を持ち出して「いまだに記憶は鮮明です」。何をか言わんやである。

「聞き手が聞くべきことを話さなければならない」。そう説いたのは元米国務長官コリン・パウエル氏。菅首相が自ら愛読書に挙げた『リーダーを目指す人の心得』には、米陸軍や連邦議会で鍛えたスピーチ哲学が惜しみなく紹介されている。菅首相の日々の実践にどう役立っているのか。

開幕まで残り43日。2度のワクチン接種を済ませた国民は4％未満。かみ合わぬ「やぎさんゆうびん」を待つ時間はもはやない。

貼り紙列島　6・11

「六月二十日きっと渡れる。『明日にかける橋』どうか渡れますように」。東京都内の居酒屋の店先で手書きの休業メッセージを見かけた。おすすめメニューを挙げる黒板に店主の願いが記されていた。

緊急事態宣言の最終日まで10日を切った。予定通り解除されるか、酒類の提供は認められるか。飲食業界の不安は尽きない。ふりかえれば昨年来、各地の飲食店が何度も、閉じたドアや下ろしたシャッターに「休業のお知らせ」を貼り出してきた。

「タイム！　人生タイム！　詰む！　人生が詰む！」。ユーモラスな絵を添えて窮状を訴えたのは神戸市のうどん居酒屋「だいぼん」。全12席の小ぶりな繁盛店で「密」が避けられず、泣く泣く休業入りした。

客同士も知り合いが多く、混み合う時は一つのイスを分け合ってきた。「店の前まで来た常連さんが肩をがっくり落とす姿を見て、何とか貼り紙で元気づけたいと考えました」と店主の篠田真依さん(32)。絵手紙のような貼り紙は7枚に増えた。

この1年余り、各地で飲食店が廃業に追い込まれてきた。状況は一向に改善しないが、思いを込めて工夫を凝らした貼り紙に接すると、こちらも応援したくなる。たとえば、「6／20までこれで最後と思って我慢…がまん…ガマン」。

津々浦々の店先に貼り出された紙を1枚につなぎ合わせたら、どれほどの長さになるのか。「貼り紙列島」とでも言うべき苦難の時が去り、一つのイスを客同士で分け合って楽しめる日が待ち遠しい。

ワニ好き　6・12

昨年5月、衆院内閣委員会に出席した自民党の平井卓也議員が見入ったのは、ゴルフ場に足を踏み入れるワニの動画。東京高検検事長の定年延長をめぐって質疑が進む中、手持ちのタブレットの画面を見つめた。

数カ月後、デジタル改革相に就任した平井氏は、出演した番組で不始末をただされて、謝罪する。「不用意だった。申し訳ない。ワニ以外だったら見てないと思うんですが、ワニ好きで」

その平井氏がまた陳謝に追い込まれた。問題となったのは今春開かれた内閣官房ＩＴ総合戦略室の会議。請負先企業について「徹底的に干す」。企業の会長の名をあげて「脅しておいた方がよい」と部下に命じたという。

ご当人の釈明によれば、発端は五輪に海外観光客が来られなくなったこと。発注した顔認証アプリが不要になった分、企業に払う額を減らしたかったという。とはいえ、録音された発言は「脅迫して来い」と言わんばかり。道を外れる物言いだった。

梨木香歩さんの絵本『ワニ』の主人公を思い出す。ジャングル屈指のいばりんぼう。カワウソやインパラに無理難題をふっかける。「僕、なんだかみんなに尊敬されちゃってるみたいでさ。僕のために必死で働いてくれるんだ」とうそぶく。だが、周囲は少しも尊敬などしていなかった。

首相の看板政策を担う人だ。「武士道にちなんで、道を踏み外さないデジ道を行く」と高らかに宣言したばかりだが、デジタル庁発足前からワニ好き大臣、ノッシノッシと踏み外す。

樹木たちの「利他」 6・13

森の木々は私たちが考える以上に「利他」的なのかもしれない。ドイツで森林管理官を務めたペーター・ヴォールレーベンさんの著書『樹木たちの知られざる生活』に、古い切り株の話が出てくる。

400〜500年前に切られたとみられるブナの株が、朽ち果てずに生きている。どうやら近くにある樹木が根を通じて糖分を譲っているらしい。弱っている仲間を助け、回復を期待するという森の姿がある。

「人間社会と同じく、協力することで生きやすくなる」からだと著者は書く。多くの木が死ねば森の木々がまばらになり、強風が吹き込みやすくなる。夏の日差しが直接入れば、土壌が乾燥してしまう。

コロナ禍で利他について考えることが増えた。慎重に行動するのは、他の誰かに感染させないため。苦境に立つ人たちへの寄付や支援の話も伝わってくる。しかし世界規模で見ると、先進国の利己が幅をきかせているようだ。

2021・6月

全ワクチンの75％超がわずか10カ国で接種されている。そんな数字をあげ、世界保健機関のテドロス事務局長が先月こう訴えた。「恥ずべき不平等が、世界的大流行を長引かせている」。地球のどこかで感染が爆発すれば変異株が生まれやすくなる。世界経済の回復も遅れる。どの国も影響は免れない。

主要7カ国が10億回分のワクチンを途上国に提供する方向になったのは、遅ればせながらの一歩だろう。利他なくしては利己すら危うい。感染症に見舞われるこの世界が、一つの大きな森に思えてくる。

トランプ氏でない人　6・15

新任の営業担当にとって、前任者が優秀であることは必ずしもいい話ではない。取引先から「前の人はここまでやってくれた」「もっと気がきいていた」などと比べられるかもしれないからだ。

逆に前任者が取引先から嫌われていたなら、自分を売り込むチャンスにもなる。英コーンウォールでのG7サミットで、米国のバイデン大統領はその立場を存分に利用できたようだ。「トランプ氏でない人」というだけで得点になる。

トランプ時代に米欧関係は大きく傷ついた。地球温暖化や貿易問題で激しく対立し、首脳宣言が見送られたこともあった。米国が議長だった昨年、対面のG7がなかったのはコロナのせいだが、欧州の首脳はほっとしたのではないか。

今回のG7を象徴するのが「米国は帰ってきた」というバイデン氏の言葉だ。ある欧州の外交官が英紙に語っていた。「帰ってきてくれて、みな喜んでいる。だが米国のリーダーシップが意味するのは、彼らが我々に何かを求めるということだ」

世界経済における米国の存在感の低下はトランプ以前から続いている。国際会議を主導しつつ、負担は各国にお願いするという流儀も戻ってきたか。中国に対抗し、途上国のインフラ投資に注力するというが、さて各国がどれだけお金を出せるか。

首脳宣言には「台湾海峡の平和と安定」も初めて盛り込まれた。中国を牽制《けんせい》しつつ、紛争になるのをどう防ぐか。菅首相は、東京五輪への支持を取り付けたと喜んでいる場合ではない。

小林亜星さんを悼む　6・16

主演は小林亜星さん。その配役が最初はイヤだったと、ドラマ「寺内貫太郎一家」の脚本家向田邦子さんが対談で語っていた。雑誌で見た写真の印象が悪かったからで、演出家に「冗談じゃない」と言ったほどだ。

気持ちが変わったのは当人に会ってから。声がすごくいい、それに風貌《ふうぼう》が西郷隆盛を思わせたという。享年88歳、亜星さんの訃報《ふほう》を聞き、あの丸刈りとはっぴ姿を思い浮かべた方も多かったに違いない。

「ばかやろう」と怒鳴る。妻も息子も張り倒す。古い頑固おやじを演じたが、本人は自伝で「二重人格」「多重人格」を任じていた。頑固で情に弱い面もあれば、流行好きでおちゃらけた面もあるのだと。本業の作曲ではCMからアニメ、歌謡曲と一つところにとどまらなかった。

なかでも長命だったのが日立のCM「この木なんの木」で、似たような木を見るたびにあのメロディーがよみがえる。マハリクマハリタ……で始まる「魔法使いサリー」の主題歌。放浪の画家、山下清を描いたドラマで流れたのは「野に咲く花のように」。

誰にでも歌えて、すぐ覚えられる曲。そういうものを作るには「子どものときにハモニカしか吹けなかったころの気持ち」を失ってはいけないのだと亜星さんは書いている。テレビの時代が見いだした才能は、テレビを楽しいものにしてくれた。

どの歌でもいい、舌になじんだ1曲を口ずさんで追悼できれば。当方は「科学忍者隊ガッチャマン」の歌でも。地球は一つ、地球は一つ……。

＊5月30日死去、88歳

些細なことでも　6・17

放送中のドラマ「コントが始まる」（日テレ）の魅力はとりとめのない会話にある。はっとする台詞《せりふ》も出てきて、油断できない。里穂子（有村架純《かすみ》）は傷ついて会社を辞めたが、今また就職へ踏みだす。新しい会社を選んだ決め手は会社案内に受付の写真があり、見事な生け花が写っていたことだ。

以下、近所に住む春斗（菅田将暉《すだまさき》）との会話。「え、それだけ?」「はい、本当にそれだけなんですけど」「そんな些細《ささい》なきっかけで動けるもん?」「些細ではあるんですけど、今の私にとっては、あの花がものすごく心強く見えたんですね」

彼女がいちばん輝いていたのは高校時代の華道部だった。花を大切にする人が社内にいることに背中を押された。「会社のロゴが可愛いとか、社名が格好いいとかで選んでも、そんなに間違えてない気がするんです」

春斗は高校の同級生とコントグループを10年続けたが、芽が出なかった。解散を決断した後も身の振り方が定まらない。夢を追う物語ではなく、夢が破れてからの物語。そこに引き込まれるのは、自分がかつて見た夢の記憶がうずくからか。

就職活動の季節である。仕事に就くのが人生の大きな転機であることは間違いない。だから「自分が本当にやりたいことは何か」「自分に向いている仕事は何か」と考え、ときにはその重圧に押しつぶされそうになる。小さな引っかかりに手を伸ばすのは、決して自分を捨てることではない。

自分をすくい上げることになるかもしれない。

禁酒令と五輪　6・18

飲食店で自由にお酒が飲めない。「禁酒令」とも言える感染対策は、緊急事態宣言の後も完全には解けそうにない。1920～30年代の米国禁酒法になぞらえたくなるが、当時は多くの人にとって「飲酒の時代」でもあった。ただし闇での。

岡本勝著『禁酒法』によると、もぐりの酒場が洋服屋や床屋などの奥や地下で営業していた。経営者は役人や検事に賄賂を渡し、警官からはただ酒をせびられた。アル・カポネらギャングも密売に暗躍した。

もともと過度の飲酒を戒める倫理観から生まれた法律である。道徳の追求のはずが、いつのまにか不道徳がはびこる。はて何かに似ているような……そうか五輪か。崇高な五輪精神はジェンダー平等や持続可能な社会作りを後押ししてきた。

ところがいま見せつけられているのは市民の命を二の次に扱うような、倫理の喪失である。IOC幹部が緊急事態宣言下でも五輪はできると強弁したのは忘れられない。米国のテレビ局トップは「我が社史上、最も高収益の五輪になりうる」とのたまった。

2021・6月

日本側も入場料収入を失うのが嫌なのか、何としても無観客を避ける構えだ。専門家から「観客を入れて開催なら都内の感染者が最大で1万人増」との予測が出るが、政府は耳をふさいでいるかのようだ。

かつて財閥のロックフェラー2世は、禁酒法違反の横行で「法律全般に対する尊敬の念」が失われたと嘆いた。アスリートへの敬意は変わらない。しかし五つの輪の輝きは、失われつつある。

朗読の日　6・19

作家樋口一葉が残した日記には、母親に小説の読み聞かせをする記述がいくつかある。「夕飯ことに賑々《にぎにぎ》しく終《おわ》りて、諸大家のおもしろき小説一巡母君によみて聞かしまいらす」「日没後小説二、三冊よみて母君に聞かし参らす」

近代文学研究者の前田愛が『近代読者の成立』で紹介していた。あまり字の読めなかった一葉の母が、娘の朗読を楽しみにする姿が浮かんでくる。日記が書かれたのは明治の中ごろである。

本は黙読が当たり前と思いきや、かつては声に出して読むのが一般的だった。「小説は個人的に鑑賞されるものとしてより、家族共有の教養の糧、娯楽の対象として考えられていたらしい」

と前田は書く。貸本屋から借りた本を一人が朗読し、家族全員で聞き入る光景があった。

きょう6月19日はゴロ合わせで「朗読の日」。大人同士の読み聞かせの現代版と言っていいだろうか、オーディオブックなるものも利用者が増えているという。プロの読み手の朗読をスマホで聞く。本が苦手な人でも近づきやすいと少し前の本紙記事にあった。

移動中はもちろん家事や運動の最中、就寝前などに本を「聞く」人が多いという。在宅の時間が増えているのも追い風になっているか。

多くの情報を急いで入れたくなる現代だが、声に出して読むことのよさは速度を落とすことにもある。難解な本であっても不思議と優しい表情になってくる。詩や短歌、俳句も自分の声で自分にゆっくり聞かせれば、自然と体にしみこんでいく。

2021・6月

父の日と娘　6・20

〈世の娘半分は父を嫌ふとぞ猫を撫でつつ答へむとせず〉宮地伸一。老いても娘の思いが気になる父親の姿が浮かぶようである。きょうは父の日。父娘の短歌を探してみたが、意外と少ない。母の日と比べて地味な存在なのにも通じるか。

〈転勤の娘《こ》の背に春の陽《ひ》は徹《とお》る良き友を得よ良き上司得よ〉。詠んだのは、昭和ひとけた生まれの男性である。高度成長期に就職し、持病で入退院を繰り返しながらも勤め上げた。定年後は念願の短歌に打ち込んだが、65歳で逝った。

娘は最近、父の没後に家族が自費出版した歌集を21年ぶりに読み返し、初めてこの歌に気がついた。病床での心境などを詠んだ他の作品より趣には欠けるが、ずしりと心に響いた。

男性は生前、本紙歌壇選者の馬場あき子さん(93)が創設した短歌結社「歌林《かりん》の会」で、熱心に出詠していた。馬場さんは実母を幼少時に亡くし、父への思いを数々の歌に詠んでいる。〈いつかさてかなしきものを父と呼び生きなむよ秋澄む夜々の思ひに〉。

「父親って、娘が小さいときはあこがれの人なのに、だんだんうっとうしくなる。不器用で本音を言わないから、言葉を介してつながれる間柄ではないかもしれません」と馬場さん。やはり「かなしき」存在なのか。娘を案じた男性のことも覚えているという。

名も無き父が詠んだ「転勤の娘」は、実は私である。これまで10回の転勤で、上司はともかく友には恵まれた。今回、普段の筆者に代わり担当したことをお断りしておく。

わがキリン愛　6・21

キリンが水を飲んだあと、急に頭を上げ、沈思黙考する姿を動物園で見ることがある。きっと何か哲学者めいた思索にふけっているにちがいない。長年そう思いこんでいたが、私の買いかぶりすぎだった。

「あれは貧血を起こしてボーッとしているだけかも。頭の上げ下げで血圧が急変します」。意外な解説をしてくれたのは東洋大助教の郡司芽久《めぐ》さん(32)。幼稚園に入る前から大のキリン好きで、動物園に行けばキリン舎に張り付いたという。東京大に入学してまもなく研究者を志す。

初めて解剖を手伝ったのは19歳の冬。「この骨が柔らかな身のこなしを支えていたのか」。全身の仕組みを解き明かす作業に没頭した。これまでに解剖したのは38頭。世界屈指の多さだ。寝食を忘れる日々を描いた『キリン解剖記』は、広く読者を得た。

〈夏至の日はしづかにキリンを思ふべし絶滅に向かひ濡《ぬ》れるまつげの〉臼井均。昨年の夏、朝日歌壇に載った1首である。なぜ夏至の日にキリンなのか。調べてみると、一年で一番昼が長いことと、動物の中で首が一番長いことにちなみ、「世界キリンの日」が制定されていた。

2021・6月

きょうがその日である。アフリカの野生キリンはこの30年間で、4割も減った。内乱や密猟が主因で、保護活動が続けられている。

郡司さんから「圧倒的美人」と太鼓判を押されたのが、東京・多摩動物公園のアオイ。だが十数頭もいて、誰が誰やら見分けられない。わがキリン愛の乏しさを自覚しつつ、園を後にした。

サンマ苦いか　6・22

まだ沖縄が日本ではなかった1960年代。魚屋を営む豪傑おばぁ玉城《たましろ》ウシが、庶民の味方サンマにかけられた20％の関税に憤り法廷闘争に打って出た。「サンマ裁判」と呼ばれた珍騒動はやがて、沖縄の自治を問う闘いにつながる。

7月公開の映画「サンマデモクラシー」を見て、監督に取材した。「放送業界に30年いますが、この裁判は知りませんでした」。沖縄テレビの現役プロデューサーでもある山里孫存《まごあり》監督(57)は語る。大衆魚から火がついた大衆運動の面白さに企画書を一気に書き上げたという。

サンマはどう裁かれたのか。東京・神田の日本関税協会で裁判資料を見つけた。ウシおばぁは、みごとに勝訴し、4年半分の関税を取り戻していた。だが、判決当日、米当局は司法判断を無視するような布令を出す。

命じたのは、歴代の高等弁務官のなかでも際だって高圧的だったキャラウェイ中将。後続のサンマ裁判では裁く権利すら米国に取り上げられた。山里さんは「逃がした魚は大きく、沖縄はあの時代からずっと自治を追い求めています」。

思い出したのは、米軍基地の辺野古移設を問うた一昨年の県民投票だ。7割強が埋め立てに反対したが、その翌日も土砂の投入は続いた。さらに昨年、政府は多くの遺骨が眠る沖縄本島南部を土砂の調達候補地に加え、感情を逆なでしている。

東京・柴又にあるウシおばぁの遺族宅を訪ねた。その位牌《いはい》に手を合わせ、比類なき反骨精神を思った。あす76回目の慰霊の日がめぐる。

M事案　6・23

圧倒的な権限を握る「本省」と屈従を強いられる「現場」。きのう開示された「赤木ファイル」には、財務省内の中央と地方の力の差が生々しく描き出されていた。

鳥取、舞鶴など地方の財務局や財務事務所を転々とした赤木俊夫さん。「私の雇用主は日本国民」と語り、公務員であることを誇りにしていた。その使命感を打ち砕かれたのは４年前。森友学園をめぐる公文書を改ざんせよと本省から命じられる。

「Ｍ事案」。赤木ファイルに収められたメールの件名にそうあった。森友事案と書くのがはばかられる省内の空気が伝わる。「修正版を送付方お願いします」「できる限り早急に対応願います」。本省側の発した命令は事務的で冷たい。

「備忘記録」。赤木さん自ら書いた文章に目が釘付けになる。「現場の問題認識として既に決裁済の調書を修正することは問題があり行うべきではないと、本省審理室担当補佐に強く抗議した」。この一文にのみ下線が引かれている。理不尽な命令に苦しみ、憤る姿が浮かぶ。

〈良吏《りょうり》をもってすればなんとか政治はできる。だが汚吏《おり》のもとではいかんともしがたい〉。鉄血宰相ビスマルクの言葉だ。そもそも首相夫人による学園への肩入れが発覚して問題視されたＭ事案だが、本省内の忖度《そんたく》の末、地方の良吏が命を絶った。

全５１８ページ。赤木ファイルの読後感は、どこまでも重く切ない。職務に尽くした現場の公僕をここまで追い詰めてしまうとは。本省なるものの酷薄さに戦慄《せんりつ》すら覚える。

6紙書き分け　6・24

『エーゲ』『宇宙よ』『精神と物質』『天皇と東大』『思索紀行』『アメリカ性革命報告』『四次元時計は狂わない』。どれも立花隆さんの著作である。タイトルを並べるだけで、関心領域の広さがわかる。

「3万冊を読んで100冊を書いた」と語った人である。私も立花作品なら手当たりしだい読んできたが、最も感銘を受けたのは『農協』という1冊だ。各地の農協の集票実績を調べ、族議員に会い、権力機構ぶりを描き切る。その迫力に駆け出し記者の心は奮い立った。

手際の鮮やかさを実感したのは、最高裁がロッキード事件で故田中角栄首相を断罪した翌日のこと。立花さんの論考を5、6紙で読んだが、どれも視点が違う。政界の体質を指弾し、最高裁の審理の遅さを突く。書き分けの離れ業に舌を巻いた。

とかく目の前のニュースに追われ、視野が狭くなりがちな新聞記者からすると、立花さんの視座の高さは桁違い。脳や宇宙、永遠まで調べ尽くそうとする姿勢は揺るがなかった。

〈父の書庫整理せむとて思はずに立花隆の名に手の止まる〉原田鶴子。健康面では不摂生ぶりを隠しもせず、「生活習慣病のデパート」と名乗ったが、自分のがんでさえ調べに調べて書籍化する。そんな作品群は、世代を超えて幅広い読者を得た。

「山ほどの好奇心を抱えて、その好奇心に導かれるままに仕事をしてきた」。昨年刊行した自著で歩みをそう総括している。次の1冊はいつかと待ち焦がれてきた身には寂しくてたまらない。

＊4月30日死去、80歳

リンゴよ再び　6・25

東日本大震災の直後、香港紙の記者、陳沛敏さんは被災地に入った。彼女の身を案じた上司から帰国指示が出るが、現地にとどまり、津波や原発の取材を続ける。「ニュースの現場にいたい。それが記者の職業病だから」と、後に語った。

勤続25年、陳さんの愛する日刊紙「リンゴ日報」が廃刊に追い込まれた。最後の紙面に「香港人への別れの書」と題した文章を書いた。「リンゴは泥の中に埋葬された。しかし種は育ち、さらに大きな美しいリンゴの木となるだろう」

創刊は1995年。その6年前に起きた天安門事件をきっかけに、アパレル事業で成功した黎智英氏が立ち上げた。中国の圧力で他の新聞が本土寄りに転じる中、ひるまず中国指導者も批判する姿勢を貫いた。

筆者もかつて香港に駐在した際、愛読した新聞である。幹線道路を若者らが埋め尽くした2014年の雨傘運動の占拠地でも、リンゴ日報の人気は別格だった。

明治後期、たび重なる検閲のはてに廃刊を余儀なくされた「滑稽新聞」を思い出す。反骨のジャーナリスト宮武外骨《がいこつ》が最終号で訴えた。「今や悪官吏のため其《その》生命を絶たれんとして、潔く自ら死す」。その後も屈せず、別の新聞や雑誌を次々に創刊し、晩年まで気を吐いた。

香港の言論を取り締まる強権的な法律が作られて1年。市民にあれほど支持された新聞が、これほど早く踏みつぶされてしまうとは。吹き荒れる暴風雨をくぐり抜け、埋葬されたリンゴが再び豊かに実る日を待ち焦がれる。

縄文の3密　6・26

縄文時代の晩期、日本の人口は7万5800人。うち東北には実に52%が暮らした。鬼頭宏著『人口から読む日本の歴史』によれば、関東や近畿、九州よりもはるかに多かったという。まるで「東北一極集中」ではないか。

3千年をへて、きのう発表された2020年国勢調査の速報によると、日本全体に占める東北の割合は7%だった。過去5年間の減少率トップは秋田で、岩手、青森、高知、山形がこれに続いた。

一方、増加率1位はやはり東京だった。千葉、埼玉、神奈川を加えた1都3県に、いまや全人口の3割が集中している。地方へ出張するたび、いわゆる「限界集落」の増え方におののき、いま住む東京では電車や売り場の密に不安を覚える。

国連の推計と比較すると、日本はメキシコに抜かれて世界11位に。国立社会保障・人口問題研究所の予測によれば、日本の2100年人口は5977万人。いまの半分に縮むと聞けば、「自分はあの世」とわかっていても驚いてしまう。

空想したのは、人気アニメ「キテレツ大百科」に登場する「回古鏡《かいこきょう》」のこと。シャッターを押せば過去でも未来でも写し出せるという触れ込みの発明品だ。このカメラをわが手に構え、縄文時代の東北のにぎわいを一目見てみたい。来世紀、東京の街の変貌《へんぼう》ぶりにも興味が尽きない。

私たちの社会はいまのまま東京一極集中でよいのか。地方分散型の政策へカジを切る必要はないのか。縄文の昔から3密の現在をへて日本の人口の行く末を思う。

東芝と株主　6・27

日本経済の官民一体ぶりを揶揄《やゆ》した言葉が「日本株式会社」だ。欧米と違って日本では、政府による企業への指導や保護が目にあまる。日本の急成長が続く1970年代、海外の一部からそう見られていた。

日本株式会社の元締と言われたのが通商産業省で、ノートリアス・ミティ（悪名高き通産省）の悪口も生まれた。そんな話も歴史の彼方《かなた》かと思いきや、違うらしい。後身の経済産業省が東芝と一緒になって株主に圧力をかけたとされる件が尾を引いている。

発端は東芝経営陣と筆頭株主の外資系ファンドとの間の人事案をめぐる対立だ。経営陣がなすべきは株主との対話のはずだが、経産省に助けを求めた。原発や防衛関連の技術があり、安全保障の観点から守ってくれると期待したのだろう。

反応は上々だった。東芝の株主が選んだ弁護士による調査報告書には、経産省が東芝に伝えたとされる安全保障の考え方が出てくる。コロナ禍では東芝のような大企業が安定して事業を続け、雇用を維持することも「広義の安全保障」だというのだ。

これでは安全保障の風呂敷がどこまでも広がってしまう。報告書が正しいのかどうか、経産省には説明の責務があるはずだが「当然のことをしている」としか言わない。一昨日の東芝の株主総会では人事案が否決される異例の展開になった。

経済安全保障なる言葉が大手を振って歩いている。安保と言えば何でもできると勘違いしたのが東芝の経営陣であり、経産官僚だったのではないか。

映画と要約　6・28

いつかは最後まで読みたい小説に、島崎藤村の『夜明け前』がある。明治維新の前後を描いた大作である。頭から読んで何度も挫折し、いっそ第2部から始めようとページをめくるが、牛の歩みだ。

このままでは一生無理かもしれないと、ダイジェスト版も手に取った。うーん、これでは読んだことにならないか。でも挫折で終わるよりはましか……。要約という近道。2時間ほどの映画にも、そんなものがあると知って驚いた。ファスト映画というらしい。

映画を10分程度に編集し、字幕などであらすじを紹介する。そんな動画が昨年春からネット上に広がっていると本紙デジタル版が伝えている。予告編と違って結末が分かってしまうから、本編へのいざないでなく広告収入が目当てだろう。著作権法違反にあたるとして投稿者が逮捕される例も出ている。

要約がビジネスになる。代表的な例が１９２０年代に創刊された米国の雑誌「リーダーズダイジェスト」だ。様々な雑誌から記事を抜粋し、要約する手法は大当たりした。米紙によると創業者は、多すぎる情報に人びとが圧倒されており、取捨選択が必要だと考えた。

最近のネット記事でも頭に要点を記すのがはやりのようだ。情報や論考であれば要約がなじむのはわかる。しかし芸術や娯楽は違うのではないか。ファスト映画に需要があるのは、もしや映画も情報の一つだと考える人が増えているからか。

『夜明け前』のダイジェスト本はやはり、遠ざけておくことにしたい。

梅雨の晴れ間に　6・29

洗濯機を回すべきか、回さざるべきか。梅雨のこの季節は、刻々と変わる気象情報が気になって仕方ない。洗うのを諦めたのに少し日が差せば、悔しい思いもする。〈梅雨は降り梅雨は晴るるといふことを〉後藤夜半。

きのうの関東は梅雨の晴れ間となり、我が家もタオルやシャツをお日さまにあてることができた。庭のキュウリやトマトも満身に日を浴びている。洗濯物が光合成をするわけではないが、何だかエネルギーを吸収しているような。

英国の作家カズオ・イシグロの近刊『クララとお日さま』は、太陽の恵みを信じるロボット「クララ」の物語だ。「お日さまに出会えた運のいい日は、顔を前に突き出し、できるだけたくさんの栄養をいただこうとしました」（土屋政雄訳）

自分のエネルギー源である太陽光が、人間の病気も治すと信じて疑わない。だから病の床にいる少女のため、栄養分を注いでほしいとお日さまにお願いするのだ。雨の季節に読み返すと、クララの思いは間違っていない気がしてくる。

本の表紙にあるのは大きなヒマワリである。「日輪草《にちりんそう》」や「日車《ひぐるま》」の名前もあり、英語では「サンフラワー」。人々は昔から、そこに小さな太陽を見たのだろう。他の草花を見下ろすようにすっくと立つ姿に今年も出会うことができた。

〈向日葵《ひまわり》の百人力の黄なりけり〉加藤静夫。雨でもそれほど冷え込まなくなったのは、盛夏が近づいているからだろう。気がつくと百日紅《さるすべり》や木槿《むくげ》なども我が物顔で咲き始めている。

下校の列に　6・30

ベトナム戦争報道で知られるカメラマンの石川文洋さんは、日本列島を歩いて縦断したことがある。そのとき実感したのが「日本の道路は基本的に自動車優先で、歩行者のことは考えられていない」ということだ。

町なかにはたしかに歩道があるが、町と町をつなぐ道には見当たらない。白い線だけが引かれた路側帯を歩くときは常に緊張したという（『日本縦断　徒歩の旅』）。しかしこの事故現場には、白い線すらなかった。

おととい千葉県八街《やちまた》市の道路で、下校中の小学生の列にトラックが突っ込んだ。歩道もガードレールもない通学路が車にとって格好の抜け道になっていたとは。身を守るすべもなく、8歳と7歳の幼い命が奪われた。

逮捕された運転手からは基準値を上回るアルコールが検出された。東京都内へ資材を運んで「帰る途中に酒を飲んだ」と供述しており、目立ったブレーキ痕もないという。またも飲酒が車を凶器に変えてしまったのか。

2021・6月

繰り返される被害に「私たちは鈍感になりすぎてしまってはいないだろうか」。２００３年にダンプカーの事故で６歳の娘を失った佐藤清志さんが手記に書いていた。ことの悪質さをはっきりさせるために、交通事故ではなく「交通事件」「交通犯罪」の表現を使うべきだとも。重く響く訴えである。

子どもたちの未来が、不条理に断ち切られた。凶器を扱う自覚なしに、誰もハンドルを握るべきではない。そして凶器から人間を守る手立てが、この国にはまだまだ足りない。

主な出来事　2021年1月―6月

（海外の出来事は現地時間）

1月1日　サッカー天皇杯全日本選手権で川崎フロンターレが初優勝。J1リーグとの2冠を達成
3日　箱根駅伝で往路3位だった駒澤大学が10区で逆転。13年ぶり7度目の総合優勝
4日　首都圏の4都県が12日以降、全飲食店に夜8時までの閉店を要請すると決定した
5日　香港警察が立法会元議員ら民主派53人を香港国家安全維持法違反容疑で逮捕した
7日　菅義偉首相、新型コロナ感染拡大に伴う緊急事態宣言を首都圏の1都3県に発出
トランプ米大統領の支持者らが連邦議会議事堂を一時占拠。計5人が死亡した
8日　韓国の地裁が元慰安婦の女性らに慰謝料を支払うよう日本政府に命じる判決を下した
9日　トランプ米大統領のツイッターアカウントが永久停止される
北朝鮮の金正恩・朝鮮労働党委員長が党総書記に。祖父と父も就いたポスト
10日　大相撲初場所の初日。全力士の約1割にあたる65人が新型コロナ関連で休場した
11日　ラグビー全国大学選手権で天理大学が早稲田大学を下して初優勝
サッカー全国高校選手権で山梨学院高校が青森山田高校をPK戦の末に破って優勝
12日　『日本のいちばん長い日』『ノモンハンの夏』などの著作で知られる作家の半藤一利さんが死去、90歳。昭和史に光を当て「歴史探偵」を自称。末利子夫人は夏目漱石の孫
14日　菅義偉首相が、関西や東海などの7府県を緊急事態宣言の対象に追加した
収賄罪などに問われた韓国の朴槿恵《パククネ》前大統領、懲役20年の実刑が確定
15日　東京地検が吉川貴盛・元農水相を収賄罪で在宅起訴。鶏卵大手から現金を受領
16日　大学入試センター試験に代わり、初めての大学入学共通テストが始まる

1月18日　緊急事態宣言下、通常国会開会。菅首相が「一日も早く収束させる」と演説
　中国のＧＤＰ、２０２０年は２・３％成長。主要国では唯一のプラスになった
　介護サービスの料金が決定。65歳以上の介護保険料も平均月６千円超へ
20日　第１６４回芥川賞に宇佐見りんさん『推し、燃ゆ』。直木賞は西條奈加さん『心淋し川』
　米大統領にバイデン氏就任。トランプ前大統領は就任式を欠席した
21日　参院選をめぐる買収事件で、東京地裁が参院議員の河井案里被告に有罪判決
　ラテン歌手の坂本スミ子さん死去、84歳。映画「楢山節考」主演など俳優としても活躍
22日　２０２０年の自殺者数が11年ぶりに増え２万９１９人（速報値）。厚労省発表
　核兵器の開発や保有を禁じる核兵器禁止条約が発効した。日本は不参加
23日　ロシア全土で反政権活動家ナバリヌイ氏の解放を求めるデモ。拘束者が多数にのぼる
26日　国税庁が路線価を初の減額補正。新型コロナによる大阪市の地価下落で
　米ロが新戦略兵器削減条約（新ＳＴＡＲＴ）の５年延長で合意した
27日　新型コロナウイルスの世界の感染者が累計１億人超え。死者も２１５万人を超えた
28日　トヨタ自動車が２０２０年の世界販売台数で５年ぶりに首位になった
31日　大学入学共通テストの第２日程が終了。２回に分けた本試験が終わった
　英国政府が環太平洋経済連携協定（ＴＰＰ）に正式に加盟申請すると発表
2月1日　自民党の３衆院議員が、緊急事態宣言下の夜に銀座のクラブを訪れた問題で離党した
　ミャンマー国軍がクーデターでアウンサンスーチー氏ら政権与党幹部を拘束
2日　菅義偉首相が、緊急事態宣言を10都府県で３月７日まで延長することを決定
　２０２０年度採用の教員試験倍率が小学校で過去最低の２・７倍。文科省調べ

3日　新型コロナウイルス対策の特別措置法と感染症法の改正法が成立した
4日　東京五輪組織委の森喜朗会長が女性を蔑視したとされる発言を撤回し、謝罪した
5日　国連安全保障理事会が、ミャンマー情勢に懸念を示す声明を出した
6日　東京都の新型コロナウイルスによる死者が累計1千人を超える
9日　菅義偉首相の肝いりの「デジタル庁」創設を含む関連法案が閣議決定された
　　　福井県が小林化工を116日間の業務停止処分。睡眠導入剤の混入問題で
　　　世界保健機関（WHO）の調査団が、武漢の研究所からの新型コロナウイルス流出疑惑を否定した
10日　トヨタが2021年3月期の業績見通しを大幅上方修正。営業利益は2兆円に
11日　バイデン米大統領が就任後初めて、中国の習近平・国家主席と電話で協議
　　　藤井聡太二冠が朝日杯将棋オープン戦で優勝。2年ぶり3度目
12日　東京五輪・パラリンピック組織委員会の森喜朗会長が辞任を表明した
　　　ファイザー社製の新型コロナワクチンの承認を厚労省の専門部会が了承した
13日　福島、宮城両県で最大震度6強の地震。マグニチュードは7・3
　　　スピードスケートの全日本選抜長野大会で、高木美帆が国内最高記録で3冠に輝く
　　　イタリアの新首相に欧州中央銀行前総裁のマリオ・ドラギ氏が就任
15日　日経平均株価が約30年6カ月ぶりに終値で3万円台を回復した
17日　国内で新型コロナウイルスのワクチン接種が始まる。医療従事者から先行接種する
　　　在日米軍駐留経費負担の特別協定が現行水準で1年延長へ。日米政府が合意
18日　東京五輪・パラリンピック大会組織委員会の会長に橋本聖子氏が就任した

2月19日　原発事故の千葉県内の避難者の損害賠償訴訟控訴審で、国の責任を認める判決
20日　テニスの全豪オープンで女子の大坂なおみが2年ぶり2度目の優勝
ミャンマーで抗議デモに参加していた複数の市民が治安当局に撃たれて死亡。その後もデモ弾圧が続き、死傷者が相次ぐ
22日　大阪地裁が生活保護基準額の引き下げは違法と認定した
23日　天皇陛下61歳の誕生日。コロナ禍で祝賀行事は縮小し、一般参賀も中止になった
トヨタが静岡県裾野市の工場跡地に、実験都市「ウーブン・シティ」着工
24日　総務省は、菅首相の長男を含む東北新社役員らに接待された問題で、同省幹部ら11人を減給などの処分
25日　鶏卵大手「アキタフーズ」側から接待を受けた農水次官ら幹部6人が処分された
国公立大学の個別試験（2次試験）が開始。コロナ禍で一部の大学で中止や内容変更も
28日　びわ湖毎日マラソンで鈴木健吾が日本新記録の2時間4分56秒で優勝
みずほ銀行の全国のATMで障害が起き、一部利用者が使えない状態になった
3月1日　来春卒業予定の学生への会社説明会が政府の就職活動ルールで解禁された
美術家、随筆家の篠田桃紅さんが死去、107歳。水墨による表現が世界的に評価された
2日　日産元会長ゴーン被告の逃亡を支援した疑いで、米国籍の親子逮捕、日本へ移送
総額106兆円超の2021年度予算案が衆院で可決。年度内成立が確実になった
5日　政府が首都圏での緊急事態宣言を、21日まで2週間延長することを決定した
6日　日本中央競馬会（JRA）が、持続化給付金を騎手ら164人不適切受給と発表
ローマ教皇が歴代で初めて訪れたイラクで、同国のシーア派最高権威と面会

7日　5年前の熊本地震で崩落した阿蘇大橋の代わりとなる新阿蘇大橋が開通した
9日　スーパーコンピューター「富岳」が本格稼働。理化学研究所と富士通が開発した
11日　東日本大震災の発生から10年。最後となる政府主催の追悼式典が開催された
警察が2020年に摘発した児童虐待事件は2133件で過去最多。警察庁が発表
中国全国人民代表大会が、香港の選挙制度改変に関する決定を採択し閉幕した
12日　楽天が日本郵政から約1500億円の出資を受け入れるなどの業務提携を発表
みずほ銀行で新たなシステム障害、外貨建て送金約300件に遅れが出たと発表
13日　日米豪印の首脳が初の共同声明。中国を念頭に海洋安全保障での協力を明記した
16日　NTTから高額な接待を受けていた谷脇康彦・前総務審議官が辞職
17日　21日が期限の首都圏での緊急事態宣言について、菅首相が予定通りの解除方針を表明
同性カップルの結婚を認めない民法規定は「憲法違反」だと札幌地裁が初判断
18日　水戸地裁が日本原子力発電に東海第二原発の運転差し止めを命じる判決を下した
19日　個人情報保護の不備があったLINEに、総務省などが事実関係の報告を要求した
20日　宮城県沖を震源とする地震があり、最大震度5強を同県内で観測した
23日　元法相の河井克行被告が選挙買収の大半を認め、衆院議員の辞職を表明
1月1日時点の公示地価は、全用途の全国平均が6年ぶりに下落に転じた
柏崎刈羽原発のテロ対策不備で、規制委員会が東電に是正措置命令の方針を決める
24日　俳優の田中邦衛さんが死去、88歳。映画「若大将シリーズ」で人気者になり、ドラマ「北の国から」の主人公役で多くの人に愛された。映画「学校」での演技も評価された
1992年バルセロナ五輪柔道71キロ級で、金メダルを獲得した古賀稔彦さんが死去、

53歳。得意技の背負い投げから「平成の三四郎」と呼ばれた

3月25日 東京五輪の聖火リレーが福島県から始まった。121日かけ全国をまわる予定

26日 北朝鮮が日本海に向けて短距離弾道ミサイル2発を発射。昨年3月以来

106兆6097億円の新年度予算が成立。一般会計の総額で過去最大となる

28日 大相撲春場所で関脇照ノ富士が4場所ぶり3度目の優勝。大関昇進を確実にした

29日 札幌地裁が生活保護基準の引き下げは合憲とし、原告の請求を棄却する判決

30日 22年度から使われる高校教科書の検定結果を文科省が公表。「探究学習」を重視

中国で香港の選挙制度改変案が可決された。香港政治から民主派を排除へ

31日 世界経済フォーラム発表の男女平等ランキングで、日本は156カ国中120位

4月1日 第93回選抜高校野球大会で東海大相模高校（神奈川）が10年ぶり3度目の優勝

ノーベル物理学賞受賞者の赤崎勇さん死去、92歳。青色LEDの開発に成功した

3日 奈良の法隆寺で聖徳太子1400回忌法要が3日間の日程で営まれた

俳優の田村正和さん死去、77歳。テレビドラマ「古畑任三郎」の演技が印象深い

4日 白血病から復帰した池江璃花子が競泳の日本選手権を制し、東京五輪出場が内定

脚本家の橋田寿賀子さん死去、95歳。「おしん」「渡る世間は鬼ばかり」など高視聴率のテレビドラマで国民の心をとらえた

10日 中国当局がネット通販大手アリババ集団に独占禁止法違反で3千億円相当の罰金

12日 65歳以上の高齢者に対する新型コロナウイルスワクチンの接種が始まった

ゴルフのマスターズ・トーナメントで松山英樹が日本男子初のメジャー制覇を果たした

13日 政府は東京電力福島第一原発の処理水を海へ放出する方針を決めた

15日　バイデン米大統領が9月11日までにアフガン駐留米軍を完全撤退させると発表
16日　未許可のデモを組織したなどとして、香港紙創業者の黎智英氏に実刑判決
17日　菅義偉首相がバイデン米大統領と会談。共同声明に「台湾」を明記
18日　米中が気候変動で「互いに協力していく」とする共同声明を発表
21日　韓国地裁が元慰安婦らの賠償請求を却下。日本政府に「主権免除」を認める
22日　日本学術会議が、菅義偉首相が任命しなかった6人の即時任命を求める声明を出した
23日　ホンダが世界で売る新車すべてを2040年にはEVかFCVにする目標を発表
24日　星出彰彦飛行士が、米国の新型民間宇宙船で国際宇宙ステーションに到着した
25日　菅政権にとって初の国政選挙となった衆参3補選・再選挙（衆院北海道2区、参院長野、参院広島）で自民が全敗
26日　東京、大阪、京都、兵庫の4都府県に緊急事態宣言が出される
米アカデミー監督賞を中国出身のクロエ・ジャオ氏がアジア系女性で初受賞した
新型コロナウイルスによる国内の死者が1万人を超す。変異株の拡大で死者が増加
27日　淡路島で発見された化石が新種の恐竜と判明。名前はヤマトサウルス・イザナギイに
28日　「紀州のドン・ファン」と呼ばれた資産家の男性が急死した事件で、元妻を逮捕
30日　2020年度平均の有効求人倍率は1・10倍、下げ幅は46年ぶりの大きさ
ジャーナリストの立花隆さん死去、80歳。現職首相の金脈問題を追及する「田中角栄研究」を「文芸春秋」誌に発表。多彩な著作を手掛け「知の巨人」と称された
5月1日　宮城県沖を震源とする地震があり、最大震度5強を同県内で観測した
2日　宇宙飛行士の野口聡一さんが、新型宇宙船で約半年ぶりに地球に帰還した

5月4日　インドの新型コロナウイルス感染者が、米国に次ぎ累計2千万人を超えた

7日　G7外相会議が英国で開幕。北朝鮮の完全な非核化を目指すことでも一致した

10日　緊急事態宣言の5月末までの延長が決定。愛知、福岡も加え6都府県が対象となる

11日　「奄美・沖縄」が国内最後の世界自然遺産に登録される見通しに

12日　憲法改正手続きを定めた国民投票法改正案が衆院通過。6月11日に参院で可決・成立
ソフトバンクグループの3月期の純利益は約5兆円。国内企業で過去最高になる
デジタル庁の創設などを盛り込んだデジタル改革関連法が成立した

13日　緊急事態宣言が4都府県で5月末まで延長され、愛知、福岡両県も対象になった
奨学金返済を巡り、過払い分返金を日本学生支援機構に命令。札幌地裁の判決

15日　中国が無人火星探査機の着陸に成功したと発表。旧ソ連、米国に続く3カ国目となる

16日　新型コロナウイルスの緊急事態宣言が北海道、広島、岡山の3道県に拡大

17日　アスベスト訴訟で、最高裁は国と建材メーカーの賠償責任を認める初の判決を下した

18日　1〜3月期実質GDPは年率5・1%減で、3四半期ぶりのマイナス成長だった

19日　愛知県知事へのリコール署名偽造の疑いで運動団体事務局長らを逮捕
プロレスラー木村花さんへのSNS上の中傷めぐる裁判で投稿者に賠償命令

20日　奈良市の遺跡で異例の円形建物跡を確認したと発表。高僧・行基の供養堂か

21日　イスラエルとイスラム組織ハマスなど武装勢力が停戦。エジプトなどが仲介した
18、19歳への措置を厳罰化する改正少年法成立。起訴されれば実名報道も可能になった

24日　大規模センターでのワクチン接種が東京と大阪の高齢者を対象に始まった
米国務省が日本への渡航中止を勧告。新型コロナの感染状況が深刻との判断で

26日　ユネスコの世界文化遺産に「北海道・北東北の縄文遺跡群」が登録へ
全国の自治体に昨年提出された「妊娠届」は約87万件。過去最少とみられる

28日　９都道府県に出ているコロナ対応の緊急事態宣言が６月20日まで延長された
わいせつ行為をした教員を学校に戻さない「教員による性暴力防止法」が成立

30日　競馬の日本ダービーで４番人気のシャフリヤールが優勝。福永騎手は連覇
作曲家の小林亜星さん死去、88歳。「北の宿から」や多数のＣＭソングを作曲。テレビドラマ「寺内貫太郎一家」での頑固な父親役でも多くの人に親しまれた

31日　エア・ドゥとソラシドエアが来年10月めどの経営統合を発表。ブランドは維持する

６月１日　東京五輪に出場するソフトボール女子豪州選手団来日。延期後の海外選手団の入国は初
菅原一秀前経産相が議員辞職願提出。８日に公選法違反の罪で略式起訴

２日　国内最大の海賊版サイトと言われた「漫画村」の運営者に実刑判決が下った
昨年度の生活保護申請が11年ぶりに増加。コロナ禍の厳しい雇用情勢を反映したか

３日　改正育児・介護休業法が成立。子の出生直後に父が取る「男性産休」が新設された

４日　昨年国内で生まれた日本人の子どもは過去最少の約84万人と厚労省が発表

５日　主要７カ国（Ｇ７）の財務相会合で、法人税の最低税率「15％以上」で合意

６日　陸上の布勢スプリント男子１００メートルで山県亮太が９秒95の日本新をマークした
ノーベル化学賞受賞者の根岸英一さん死去、85歳

７日　元徴用工訴訟で、韓国の地裁が原告の訴えを却下した。18年大法院判決から一転
ゴルフの全米女子オープンで笹生《さそう》優花(19)が初優勝。大会最年少記録
アルツハイマー病の治療薬「アデュカヌマブ」が米国で条件つきで承認された

6月10日　政治分野でのジェンダーギャップ解消をめざす改正候補者男女均等法が成立した
16日　国軍に抵抗の意思を示したミャンマーのサッカー選手、関西空港で日本政府に保護要請
自衛隊基地周辺などの土地の利用を国が規制する土地規制法が成立した
17日　中国に批判的な香港紙「リンゴ日報」の幹部5人が香港国家安全維持法違反容疑で逮捕
18日　新型コロナ対策分科会の尾身茂会長らが東京五輪は「無観客が望ましい」と提言した
参院選の大型買収事件で東京地裁が、元法相の河井克行被告に懲役3年の実刑判決
19日　東京都が予定していた東京五輪のパブリックビューイングが全会場で中止になった
五輪のウガンダ選手団が来日し、1人が新型コロナ陽性に。その後2人目も判明
20日　10都道府県に出ていた緊急事態宣言は、沖縄県を除く9都道府県で終了。自治体によっては「まん延防止等重点措置」地域に移行
21日　新型コロナワクチンの「職域接種」が本格スタート。企業に続き大学でも開始された
22日　森友学園をめぐる財務省の公文書改ざん問題で、「赤木ファイル」が開示された
23日　夫婦同姓を定めた民法などの規定は「憲法24条に違反しない」と最高裁大法廷が判断を示した
24日　香港の民主派を支持してきた「リンゴ日報」が最後の朝刊を発行。26年の歴史に幕が下ろされた
25日　東京都議選が告示された。政府や都の新型コロナ対応や五輪開催の是非が争点に
28日　千葉県八街市で下校途中の小学生の列にトラックが突っ込み、児童5人が死傷

人　名　索　引

＊50音順。読み方の不明なものについては、通有の読み方で配列した。

ア　行

カ　行

サ　行

タ　行

ナ　行

ハ　行

マ　行

ヤ　行

ラ　行

ワ　行

朝日新聞朝刊のコラム「天声人語」の２０２１年1月―6月掲載分をこの本に収めました。

まとめるにあたって各項に表題をつけました。簡単な「注」を付した項目もあります。新聞では文章の区切りに▼を使っていますが、本書では改行しました。年齢や肩書などは原則として掲載時のままです。3月4日付と5月11日付は新聞掲載時に内容に誤りがあり、訂正して、おわびしました。この本には訂正後の内容を掲載しました。掲載日付のうち欠けているのは、新聞休刊日のためです。

「天声人語」は、山中季広、有田哲文が執筆を担当しています。郷富佐子、古谷浩一が一部執筆しました。上田真由美、津田六平、二階堂友紀、渡邉洋介が取材・執筆を補佐しました。

山中季広《やまなかとしひろ》　１９６３年生まれ。86年、朝日新聞社入社。社会部や国際報道部に在籍し、朝日新聞阪神支局襲撃、佐川急便事件、米同時多発テロなどを取材した。ニューヨークに2度、香港に1度駐在した。

有田哲文《ありたてつふみ》　１９６５年生まれ。90年、朝日新聞社入社。政治部員、経済部員、ロンドン特派員を歴任。財政や金融に関する取材が長く、リーマン・ショックやギリシャ債務危機を報道。

天声人語《てんせいじんご》 2021年1月―6月

2021年9月30日　第1刷発行

著　者　朝日新聞論説委員室
発行者　三宮博信
発行所　朝日新聞出版
〒104-8011　東京都中央区築地5-3-2
電話　03-5541-8832（編集）
03-5540-7793（販売）
印刷所　凸版印刷株式会社

Published in Japan by Asahi Shimbun Publications Inc.
ISBN978-4-02-251791-3
定価はカバーに表示してあります。

落丁・乱丁の場合は弊社業務部（電話03-5540-7800）へご連絡ください。
送料弊社負担にてお取り替えいたします。